KB122158

소년과 독립군

* 도움받은 책과 자료

매헌자료집, (매헌 윤봉길 기념사업회)
배용순, "윤봉길의 아내가 된 불행" (뿌리깊은나무 1977.5)
백범일지, (김구, 돌베개)
백야자료집, (백야 김좌진 기념사업회)

강효숙, "동학농민전쟁과 일본군" (역사연구 27호)
권태억, "1910년대 일제 식민통치의 기조" (한국사연구 124집)
김상기, "윤봉길의 수학 과정과 항일독립론" (한국근현대사연구 67호)
김주용, "홍범도의 항일무장투쟁과 역사적 의의" (한국학연구 32집)
김진호, "예산 지역의 3·1운동 전개와 의의" (충청문화연구 8집)
김창수, "왈우 강우규 의사의 사상과 항일의열투쟁" (이화사학연구 30집)
김형목, "윤봉길의 현실인식과 농촌계몽운동" (충청문화연구 7집)
박경목, "1930년대 서대문형무소의 일상" (한국근현대사연구 66집)
박환, "강우규의 의열투쟁과 독립사상" (한국민족운동사연구 55)
윤경로, "1910년대 독립운동의 동향과 그 특성" (한국독립운동사연구 8집)
이송순, "1910년대 식민지 조선의 농가 경제 분석" (사학연구 104집)
이용창, "일제강점기 '조선귀족' 수작 경위와 수작자 행태" (한국독립운동사연구 43집)
정을경, "충남지역 천도교인의 3·1만세운동 전개" (지방사와 지방문화 19권 2호)

소년과 독립군

2판 1쇄 발행 2021년 9월 1일 | **2판 3쇄 발행** 2022년 11월 1일 | **지은이** 김은식 | **그린이** 김동성
편집디자인 최미영 | **종이** 신승지류유통(주) | **인쇄 제본** 상지사 P&B
펴낸곳 도서출판 나무야 | **펴낸이** 송주호 | **등록** 제307-2012-29호(2012년 3월 21일)
주소 (03424) 서울시 은평구 서오릉로27길3, 4층
전화 02-2038-0021 | **팩스** 02-6969-5425 | **전자우편** namuyaa_sjh@naver.com

ISBN 979-11-88717-24-8 43810
© 김은식, 김동성

소년과 독립군

김은식 지음 I 김동성 그림

나무야
Namuyaa Publisher

차례

3·1운동의 진정한 의미

1910년에 우리는 나라를 빼앗겼습니다. 그리고 그 나라를 되찾은 것은 1945년이었습니다. 그 사이 35년 동안 우리가 일본의 지배를 받은 것은 분명한 사실입니다. 그들이 정한 법에 따라 수많은 사람들의 운명이 갈렸고, 그들에게 순응하느냐 저항하느냐에 따라 수많은 사람들의 삶과 죽음이 나뉘었습니다. 하지만 그렇다고 해서 우리가 잠시나마 어쩔 수 없이 일본인으로 살았다거나, 그래서 그 시대에 일본의 뜻에 순응한 것은 비난할 수 없는 일이라고 말할 수는 없습니다. 바로 1919년 3월 1일부터 벌어졌던 일들 때문입니다.

1919년 3월 1일, 우리는 전체 민족의 하나된 목소리로 우리 자신이 독립된 나라의 시민임을 선언했습니다. 그리고 그 입을 틀어막으려는 일본 제국주의의 무차별적인 폭력 앞에서 수백만 명의 남녀노소가 맨손으로 부서지고 짓밟혀가며 '독립 만세'를 외침으로써 그 뜻을 처절하고도 선명하게 세상 앞으로 드러냈습니다. 그래서 더 이상은 일본이든, 우리 안의 누군가이든, 그리고 전 세계 어느 나라의 어떤 세력이든 그 사건을 은폐하거나 외면할 수도, 무시할 수도 없게 되었습니다. 우리가 일본의 지배를 인정하거나 받아들이지 않으며 그 앞에 굴복할 뜻도 없음을 나라의 안과 밖, 그리고 당대와 미래의 모든 세대를 향해 드러내고 확정한 것입니다.

그날 확인되고 선언된 독립 의지를 현실로 만들기 위해 수많은 이들이 총과 폭탄을 들었습니다. 때로는 붓과 책에서 길을 찾거나 혹은 각자 흘릴 수 있는 땀과 눈물로 힘을 보탰습니다. 그래서 우리는 1910년대와 20년대, 다시 30년대와 40년대를 총독부 정권시대가 아닌 독립운동의 1, 2, 3, 4기로 일컬으며 그 35년의 세월을 일본제국주의에 무단으로 국토를 점거당한 '일제강점기'로 기록할 수 있게 된 것입니다.

이 책에는 그 시대에 살았던 두 사람의 이야기가 들어 있습니다. 그중 한 사람은 노인이었고, 한 사람은 소년이었습니다. 한 사람은 이미 성인이 되어 가족을 이끌고 있을 때 나라를 잃었고, 다른 한 사람은 철이 들고서야 이미 잃어버린 땅에서 살고 있음을 알게 되었습니다. 한 사람은 우리 땅의 북쪽 평안도에서 태어났고, 다른 한 사람은 남쪽 충청도에서 태어났습니다. 그리고 두 사람은 단 한 번도 만난 적이 없으며, 서로 소식을 주고받은 적도 없습니다. 하지만 두 사람은 같은 것에 분노하고 같은 것에 감격했으며, 같은 것에 희망을 걸고 같은 방식의 삶과 죽음을 선택했습니다.

우리는 이 두 사람의 삶을 통해, 나라를 빼앗겨 폭력에 짓밟히던 시대에도 삶의 방향은 스스로 결정할 수 있었음을 알 수 있습니다. 그리고 비슷한 시대적 고통이 또다시 우리를 짓누른다고 할 때, 그 아래 굴복하고 순응하는 모습은 어쩔 수 없는 일이며 부끄러워할 필요가 없다는 생각은 결코 옳지 않다는 사실을 확인하게 됩니다.

이 책은 그 두 사람에 관한 것이기도 하지만 그들을 통해 이해할 수 있는 3·1운동에 관한 이야기이기도 합니다. 그리고 3·1운동과 그것을 이끌어 간 분들에 대하여 우리가 가장 먼저 가져야 할 생각은 고마움 이전에 책임감이며, 그들에게 돌려야 할 것 역시 찬사의 박수 이전에 무거운 약속의 마음이어야 하리라는 것이 이 책을 쓴 저의 생각입니다. 아울러 35년의 세월 또한 '힘없는 자가 감수해야 할 고통'이 얼마나 쓰린지를 가르쳐 준 시기였다기보다, '힘없는 자가 승리할 수 있는 방법'을 배운 시기였음을 전하고 싶은 것이 저의 솔직한 마음입니다.

백 년 전의 위대한 걸음을 통해, 언제 또다시 강도 같은 세월을 만나더라도 다시 헤쳐 나갈 수 있다는 희망의 근거를 마련해 준 것에 새삼 감사하며 붓을 놓습니다.

'독립군 강우규……
환갑이 넘은 할아버지가
저렇게 폭탄을 던지며 싸우는데,
이곳 마을에서 제일 힘이 세고
똑똑하다고 자랑하는 나는
나라의 독립을 위해 하는 일이
아무것도 없구나…….'

1. 총소리

"내 나라에서 내 나라 이름을 외친 게 어째서 죄가 되느냐?"

"잡아간 사람들을 내 놓아라."

"죄 없는 사람들을 당장 풀어 줘라."

"잡아가려면 우리도 잡아가라."

"조선 독립 만세!"

"대한 독립 만세!"

"일본 놈들은 너희 나라로 물러가라."

학교를 마치고 집으로 돌아가던 꼬마 몇이 읍내를 지나다가 신기한 장면을 보고는 주저앉아 구경하고 있었다. 수백 명이나 되는 사람들이 경찰서 앞으로 몰려들어 마구 소리를 지르고 있었던 것이다. 그중에는 매일 얼굴을 마주하는 동네 아저씨들도 있었고, 가끔 장터에서 마주치는 읍내 아저씨도 있었다. 원래 경찰서는 그런 동네 사람들이 제일 무서워하는 곳이었고, 그래서 덕산면 사람들이 읍내 장터로 몰려들어 붐비는 장날에도 경찰서 근처만큼은 늘 한산했다. 사람들이 경찰들을 얼마나 무서워했던지, '저기 순사가 온다'고 하면 울던 아기들도 울음을 뚝 그친다는 말이 있을 정도였으니 말이다. 그런데 그렇게 무서운 순사들이 모여 있는 경찰서 앞으로 저렇게 많은 사람들이 몰려와서 마구 소리를 지르다니, 신기하지 않을 수가 없었다.

"경고한다. 지금 당장 해산하지 않으면 발포하겠다."

그때 경찰서 문을 열고 경찰 십여 명이 우르르 쏟아져 나오더니 그 앞에 모여든 사람들을 향해 총을 겨누었다. 그리고 대장인 듯한 사람이 큰 소리로 경고했다. 그 시절의 경찰은 지금의 경찰과는 많이 달랐다. 일본이 우리 땅을 지배하기 위해 보낸 그들은, 이름은 경찰이었지만 사실은 군인이나 다름이 없었다. 그래서 늘 허리춤에 긴 칼을 차고 다녔고

옷도 군복과 비슷한 것을 입고 있었을 뿐 아니라 군인들처럼 함께 무리지어 다니다가 '적'들이 나타나면 총을 들고 출동해서 쳐부수곤 했다. 그런 경찰을 '헌병'이라고 불렀다. 물론 그들도 도둑을 잡거나 질서를 유지하는 일을 하긴 했다. 하지만 무엇보다 그들이 제일 신경 쓰는 것은 일본인들의 일을 방해하는 사람들을 색출하는 일이었다. 일본 회사가 놓고 있는 철도를 망가뜨리거나, 총독부의 일본인 관리들이 토지를 측량하기 위해 꽂아 둔 깃발을 몰래 뽑아 버리는 사람들을 잡아다가 가두는 것, 아니면 산속에 숨어 있다가 밤에 몰래 내려와서 일본인들을 습격하는 독립군을 죽여 없애는 것이 바로 일본 헌병들이 맡고 있는 가장 중요한 임무였다.

"총이다."

경찰서 앞에 모여 있던 사람들이 놀라서 수군거리기 시작했다. 헌병들의 총이 곧바로 자신들을 향해 겨누어지자 겁을 먹지 않을 수가 없었기 때문이다. 그때 헌병들은 지금과는 달리 법원의 허락 없이도 사람들을 처벌할 수도 있고 심지어 매질을 할 수도 있었다. 일본이 우리 땅에 세워 정부 역할을 하도록 한 총독부가 '범죄즉결령'이라는 못된 법을 만들어 놓았기 때문이다. 그 법은 경찰이 사람들을 마음대로 가두거나, 벌금을 물리거나, 곤장을 칠 수도 있다고 정해 놓고 있었다.

실제로 일본인 경찰들은 온갖 일에 간섭하고 참견하다가 자기들 마음에 들지 않거나 자기들 말에 순순히 따르지 않으면 함부로 잡아가기도 하고 두들겨 패기도 했었다. 그래서 한국인들은 일본인 경찰들과 아예 마주치고 싶지 않아서 일부러 경찰서 앞으로는 지나가지 않으려고 했고, 길에서도 경찰관을 보면 멀찍이 돌아서 다녔던 것이다. '순사가 온다'는 소리를 들으면 아기들도 울음을 뚝 그친다는 이야기도 바로 그래서 생긴 것이었다. 그런데 그런 경찰들 십여 명이 몽둥이나 칼보다 훨씬 무시무시한 총을 한꺼번에 겨누자 사람들도 겁을 먹고 움츠러들지 않을 수가 없었다. 사람들은 대부분 총을 직접 본 적은 없었다. 하지만 그걸 맞으면 사람이 그 자리에서 피를 쏟으며 죽게 된다는 것은 누구나 알고 있었다. 게다가 그것이 그저 협박만은 아닐 수도 있다는 것을 사람들은 이미 느끼고 있었다.

"우의야. 우리도 얼른 집에 가자. 무서워."

　구경하던 꼬마들도 겁을 집어먹고 집 쪽으로 달음질을 쳤다. 하지만 우의는 꼼짝도 하지 않았다.

"먼저 가. 나는 조금만 더 있다가 갈게."

　길 건너편에서 경찰서 앞 소동을 구경하던 아이들 중에서도 유난히 눈이 반짝반짝 빛나던 녀석의 이름이 우의였다. 덩치가 크지는 않았지만 살짝 올라간 눈매와 입매가 다부진 그 아이의 별명은 '살쾡이'였다. 아직 열두 살, 콩알만 한 꼬마였지만 몸놀림이 아주 빠른데다가 선생님에게 회초리를 맞을 때도 눈 한 번 깜짝 하지 않을 정도로 겁이 없고 오기가 남다른 아이였기 때문에 붙은 별명이었다. 순사들이 사람들을 향해 총을 겨누는 것을 본 다른 친구들이 모두 겁을 집어먹고 달아났지만, 우의는 또 어떤 일이 벌어지게 될지 너무나 궁금해서 도저히 발길이 떨어지지 않았다.

"마지막으로 경고한다. 해산하지 않으면 발포한다. 당장 각자 집으로 돌아가라. 아니면 목숨을 보장할 수 없다."

헌병대장의 날카롭고 무시무시한 목소리가 덕산 장터에 울려 퍼졌다. 어떤 주저함도 느껴지지 않는 단호한 목소리라는 것을 어린 우의도 느낄 수 있었다. 저런 사람이라면, 정말 총을 쏠 수도 있을 것 같다는 생각이 절로 들었다. 물론 그 앞에 서 있던 어른들도 긴장한 표정을 감추지는 못했다. 하지만 헌병대장의 말대로 돌아가는 이는 아무도 없었다. 오히려 사람들은 한층 더 목청을 높여 소리를 질러댔다. 겁먹은 기색을 숨기기 위해서였는지도 몰랐다.

"죄 없는 사람들을 풀어 줘라."
"잡아간 사람들을 모두 풀어 주기 전까지는 못 돌아간다."
"조선 독립 만세!"
"대한 독립 만세!"
"일본은 물러가라."

겁먹고 움츠러든 기색은 역력했지만, 그래도 사람들은 물러날 생각이 없어 보였다. 그러자 헌병대장은 주저함 없이

'발사' 명령을 내렸고, 그 순간 엄청난 소리가 덕산 읍내를 뒤흔들면서 울려 퍼졌다. 대부분의 사람들은 태어나서 처음 들어보는 무시무시한 소리였다.

"발사!"
"꽈과과광. 꽈과과광."

경찰들이 한꺼번에 쏘아댄 총이 불을 뿜었다. 마치 발 앞에 벼락이 한 열 개쯤 한꺼번에 떨어진 것 같은 소리가 온몸과 오장육부를 한순간에 흔들어 놓는 것 같았다. 그러자 겁에 질린 사람들은 순식간에 흩어져서 달리기 시작했다. 상상했던 것보다 훨씬 더 큰 소리가 바로 귓가에서 울리자 사람들의 이성은 순간적으로 마비되어 버리고 말았다. 아무 생각도 할 수 없었고, 그래서 사람들이 이리저리 뛰는 데는 일정한 방향도 없었다. 그저 각자 본능이 이끄는 대로 무작정 달리고 있을 뿐이었다.

별명이 '살쾡이'라고는 했지만 고작 열두 살 난 어린아이에 불과했던 우의도 태어나서 처음 들은 총소리에 혼이 모두 빠져 나가는 것 같았다. 우의는 스스로 뛰기 시작한 줄도 모른 채 용수철처럼 튀어 올라 무작정 달리기 시작했고, 어른들 틈에 뒤섞여 장터 안을 이리저리 방향도 없이 한참이나 휩쓸려 다녔다. 그렇게 얼마나 시간이 지났을까. 자신의 숨소리 말고는 아무 소리도 들어오지 않던 귀에 사람들의 비명소리와 발자국 소리가 들려오기 시작하면서 조금씩 정신을 차릴 수가 있었다. 그때부터 우의는 집을 향해 직선으로 달리기 시작했다. 그렇게 혼이 나가 버린 듯 한참을 달린 우의는 멀찍이 동네 입구가 보일 때쯤에서야 정신을 차리고 멈추어 설 수 있었다. 한 1킬로미터쯤은 겁에 질린 채로 달린 셈이었다.

다행히도 그때 일본 경찰들이 사람들을 향해 총을 쏜 것은 아니었다. 총알은 하늘을 향해 날아갔고, 총에 맞은 사람은 아무도 없었다. 하지만 그것은 그저 겁을 주기 위한 것만은 아니었다. 실제로 총을 쏘아 사람들을 죽이기 전에 하늘을 향해 한 번 위협사격을 함으로써 마지막 경고를 하는 것은 그들 나름의 규칙이었기 때문이다. 실제로 더 많은 사람이 한자리에 모여들었고, 그래서 도망치려고 해도 쉽게 흩어질 수 없었던 다른 대도시에서는 일본 헌병들의 조준사격에 맞아 희생된 사람들도 적지 않았다. 만약 그때 덕산 장터에서도 사람들이 놀라서 달아나지 않았다면 수십 명이 목숨을 잃는 일이 벌어질 수도 있었다.

간신히 정신을 차리고 멈춰 섰을 때, 우의는 숨이 턱까지 차올라 몸을 가누기도 어려웠다. 잔뜩 긴장한 채 온 힘을 쥐어짜서 달리느라 힘이 다 빠져 버린 다리는 후들후들 떨리고 있었고, 등에서 흘러내린 식은땀이 옷을 위아래 할 것 없이 속옷까지 흠뻑 적시고 있었다. 하지만 아직도 총알이 날아와 등에 콱 박힐 것만 같은 서늘한 느낌이 자꾸 들어서, 우의는 불안한 마음으로 멀리 읍내 장터 쪽을 돌아보아야 했다.

'이게 도대체 무슨 일이지? 왜 사람들은 경찰서 앞으로 수백 명이나 몰려가서 화난 목소리로 소리를 질렀고, 왜 경찰들은 총을 쏘았던 것일까?'

멀리 떠나온 장터 쪽도 이젠 조용해진 것 같았다. 그쪽에서는 더 이상 총소리도 함성 소리도 들리지 않았다. 그리고 이제 총을 맞을 걱정은 하지 않아도 된다는 걸 알게 되자 우의의 머릿속으로는 새삼 궁금한 일들이 떠오르기 시작했다.

도대체 오늘 읍내에서는 무슨 일이 벌어졌던 것일까? 마을 어른들은 도대체 어쩌자고 총을 겨눈 경찰들 앞에서도 물러서지 않았으며, 경찰들은 또 어쩌자고 그 무시무시한 총을 쏘아댔을까? 땀이 식고 흥분과 두려움도 조금씩 가라앉기 시작하자, 반대로 호기심과 궁금증이 무럭무럭 솟아나기 시작했다. 우의가 '살쾡이'라고 불렸던 이유 중의 하나는 그렇게 아무도 못 말리는 집요한 호기심 때문이기도 했다.

2. 독립, 만세

그날 저녁때쯤, 낮에 읍내에서 벌어졌던 일들에 대한 소문이 우의네 동네까지도 번져 들어왔다.

"얘기 들었어요? 읍내에서 난리가 났다던데."

"순사 놈들이 총을 쐈다고 하더구먼."

"총을 쏴? 그럼 죽은 사람들도 있겠네?"

"그래도 하늘로 쏜 거라서 맞은 사람은 없다는구먼."

"죽지는 않았는데, 또 몇 사람 붙잡혀 들어갔대. 낮에도 몇 사람 잡혀갔다더니만, 그 사람들 풀어 달라고 쫓아갔다가 죄다 잡혀 들어갔다는 거야."

"저 건넛마을 병갑이 아버지도 거기서 잡혀갔다는데?"

"그래? 아이고, 큰일이네. 병갑이네 어쩌면 좋아……."

아저씨들은 아저씨들끼리, 아주머니들은 아주머니들끼리, 모이는 곳마다 어른들은 낮에 읍내 경찰서 앞에서 있었던 일에 대해 이야기를 주고받았다. 경찰들이 사람들 앞에서 총을 쏜 것도 놀라운 일이었지만, 그렇게 많은 사람들이 그 무서운 경찰들 앞으로 몰려가서 소리를 지르며 항의를 한 것도 역시 놀라운 일이었기 때문이다. 물론 읍내에서 일어난 일이 동네와 상관없을 수 없기 때문이기도 했다. 덕산은 작은 읍이었고, 그곳에 수백 명의 사람들이 모였다면 동네 사람들도 끼어있지 않을 리가 없었던 것이다. 우의네 동네에서도 경찰서에 잡혀 간 사람들이 몇 명 있었고, 총소리에 놀라 혼비백산 도망쳐 와 오들오들 떨고 있는 사람들 또한 있었다.

　"저…… 엄마. 독립이 뭐야?"
　"응? 그게 무슨 소리냐?"

　우의는 궁금한 걸 참을 수가 없었다. 그리고 그 궁금증을 풀어 줄 사람은 역시 엄마뿐이었다. 그래서 엄마에게 낮에 본 일들에 대해 이야기했다.

"아침에 선생님이 막 수업을 시작하는데 갑자기 교장 선생님이 들어와서는, 오늘은 다들 일찍 집으로 돌려보내라고 하면서 수업을 일찍 끝내라고 하셨어. 그래서 학교 일찍 끝나고 아이들하고 놀면서 돌아오다가 읍내 경찰서 앞으로 지나왔거든? 그런데 그 앞에 사람들이 되게 많이 모여 있는 거야. 우리 동네 아저씨들도 있었는데, 옆 동네 정구 아저씨가 앞에서 막 큰 소리로 뭐라고 하면 다른 사람들도 경찰서 쪽으로 막 소리를 지르더라고. '조선 독립 만세'라고도 하고 '대한 독립 만세'라고도 하고. 그랬더니 경찰들이 화가 나서 총을 막 쐈는데, 너무너무 큰 소리가 나서 나는 하늘이 무너지는 줄 알았어. 천둥소리보다도 열 배 스무 배는 더 컸어."

신이라도 난 듯 떠들어대는 철없는 아들의 이야기를 듣던 엄마의 얼굴이 점점 파랗게 질려갔다.

'너 아까 거기 있었니? 읍내 경찰서에? 경찰들이 총 쏘는 것도 보고?"
"응. 바로 앞은 아니고, 길 건너 약방 앞에서 구경하고 있었는데, 갑자기 '꽈과광' 하고 총소리가 나서 너무 무서워서 막 뛰어왔어."

너무나 천진난만한 아들을 보면서 엄마는 손으로 가슴을
쿵쿵 쳤다.

"아유, 이놈아. 아주 큰일 날 뻔했네. 이 녀석아, 교장 선생
님이 집으로 가라고 하시면 곧장 집으로 와야지 왜 엉뚱한
데를 돌아다녀? 그런 데서 얼쩡거리다가 사람들에 휩쓸려
서 넘어지기라도 하면 어쩌려고 그래? 총 맞으면 사람 몸뚱
이에 엽전만한 구멍이 뚫려서 죽는다는 얘기 못 들어봤어?
어른들도 경찰서가 무서워서 멀찍이 돌아서 다니는데, 네가
왜 그 앞에서 얼쩡대? 너 이놈의 자식, 앞으로 학교 끝나면
경찰서 뒤로 멀찍이 돌아서 곧장 집으로 와야 해. 알아들었
어?"

"응. 알았어. 앞으로는 곧바로 집으로 올게. 그런데 독립
이 무슨 뜻이야? 그리고 사람들은 왜 그렇게 무서운 경찰서
앞으로 몰려갔던 거야?"

엄마는 아무 일 없이 돌아온 아들을 바라보며 새삼 가슴

을 쓸어내렸다. 그리고 한편으로는 그런 난리통을 겪고 나서도 저렇게 천연덕스러운 모습을 보이는 아들의 담력에 놀라운 마음이 들기도 했다. 하지만 엄마는 아직도 호기심에 눈을 반짝이며 대답을 기다리는 아들 앞에서 난감해졌다. 무슨 일이든 궁금한 것이 생기면 대충 둘러대거나 덮어두는 것이 통하지 않는 아들의 성품을 누구보다 잘 알기 때문이었다. 그리고 아직은 어린 아들이지만 이번 기회에 알아 두게 하는 게 좋을 것 같기도 했다.

"후유, 이 녀석을 어째……."

엄마는 주저주저하면서도 하나씩 차근차근 설명했다. 독립이란 무엇이고, 사람들이 왜 경찰서 앞에서 독립을 외쳤는지. 또 경찰들은 왜 총을 쏘았고, 사람들은 두려워하면서도 왜 마지막까지 도망치지 않으려고 했는지. 질문은 또 다른 질문으로 이어져 있었고 하나를 알려면 나머지들도 차례로 알아야만 하는 문제들이었다.

"우의야, 경찰서에 있는 순사들이 어느 나라 사람이더

냐?"

"일본 사람이요."

"그럼 왜 일본 사람들이 칼을 차고 다니면서 우리나라 사람들에게 막 이것저것 시키기도 하고, 말 안 들으면 때리기도 하고 그러는 거 같니?"

"왜 그런데요?"

우의는 새삼 궁금했다. 경찰이나 학교 선생님은 모두 일본인들이었는데, 그들은 모두 한국인들에게 뭔가를 시키거나 야단을 치는 사람들이었다. 그래서 선생님은 아이들이, 경찰은 어른들이 늘 무서워하는 이들이었다. 왜 일본인이 우리나라에 와서 우리나라 사람들을 무섭게 만드는 걸까?

"그건, 우리가 나라를 일본에게 빼앗겼기 때문이야."

"나라를 빼앗겨요?"

"그래. 십 년쯤 전에 일본 사람들이 커다란 배에 총을 든 군인들을 잔뜩 태워서 데려와 가지고, 우리나라 임금님을 막 겁주면서 '백성들을 다스릴 수 있는 권리를 일본에게 넘긴다'는 문서에 억지로 도장을 찍게 했단 말이야. 그래서 일본 왕이 보낸 신하들이랑 경찰들이 우리나라로 몰려와서 자기들 마음대로 우리나라 사람들에게 일도 시키고 벌도 줄 수 있게 된 거야."

우의는 이상했지만 미처 이상하다고 생각하지 못했던 일들이 비로소 하나씩 떠오르기 시작했다.

"엄마. 그럼 원래는 임금도 경찰도 다 우리나라 사람들이 했었어요?"

"그럼, 당연하지. 수백 년, 아니 수천 년 동안이나 우리나라 임금이 우리나라 사람들에게 벼슬을 줘서 나라를 다스렸고, 잘못한 사람이 있으면 잡아가는 경찰이나 벌을 주는 재판관이나 다 우리나라 사람이었지."

"그때는 우리나라 이름이 뭐였는데요?"

"원래는 조선이었는데, 나중에 망하기 얼마 전에는 대한제국으로 바뀌기도 했어. 장터에서 사람들이 '조선 독립 만세'라고도 하고 '대한 독립 만세'라고도 했다고 했지? 바로 그래서 그랬던 거야."

조선이라는 이름은 우의에게도 익숙했다. 다만 그것이 나라 이름이었다는 것은 미처 몰랐었다. 그저 우리 민족이나 우리 땅을 가리키는 이름일 거라고 막연히 생각해 왔을 뿐이었다. 하지만 대한제국이라는 이름은 생소했다. 우리가 아직 독립국이었던 시절의 마지막 시기, 그래서 우의 자신이 태어났던 해에만 해도 대한제국이라고 불렸다는 사실이 꽤 어색하게 느껴졌다. 그래서 그 모든 이야기들이 낯설었고, 신기했다.

"그럼 그렇게 우리나라 임금이랑 우리나라 경찰이 다스릴 때는 지금보다 훨씬 살기가 좋았어요?"

그때 잠깐 엄마의 표정이 미묘하게 변했다. 엄마도 깊이 생각해 보지 않았던 문제였기 때문이다.

"글쎄다……. 옛날에, 세종대왕님 같이 어진 임금님이 다스릴 때는 아주 살기가 좋았대. 일도 잘 하고, 마음도 착한 사람들을 잘 골라 벼슬을 내려서 아주 공평하게 일을 하도록 했거든. 또 아무리 신분이 높고 권세가 있어도 잘못을 하면 엄격하게 처벌을 하기도 했고 말이야. 하지만 어리석거나 못된 임금이 다스릴 때는 그렇지 않았어. 돈을 받고 벼슬을 팔기도 하고, 친척이나 자기하고 친한 사람들에게만 벼슬을 마구 나눠 주는 왕들도 있었거든. 그래서 벼슬아치들 중에서도 사람들을 마구 못살게 굴기도 하고, 돈이나 곡식을 함부로 빼앗아가는 사람들도 많았어. 우리나라 사람들이지만 오히려 일본이나 중국 사람들보다도 더 심하게 우리나라 사람들을 괴롭히는 사람들도 있었거든. 사실 일본 사람들에게 나라를 빼앗길 때쯤 우리나라를 다스렸던 왕들은, 그렇게 못되거나 어리석은 왕들이었어. 그러니까…… 바로 그런 어질지 못한 왕들 때문에 우리가 나라를 빼앗긴 것이기도 해."

나라를 빼앗겼다는 사실도 놀라웠지만, 나라를 뺏긴 원인이 못되고 어리석은 왕들 때문이라는 엄마의 설명은 더욱 놀라웠다.

"왜요? 총을 메고 온 일본의 군인들 때문에 나라를 빼앗긴 게 아니고요?"

"나라를 빼앗은 건 일본의 군인들이 맞아. 하지만 일본 군인들이 왕궁에까지 들어와서 우리나라 왕에게 겁을 줄 수 있었던 건 그렇게 하지 못하도록 막아 줄 사람이 없어서였잖아. 같은 나라 사람인데도 함부로 때리고, 잡아가고, 죽이고, 뺏고, 그렇게 못되게 구니까 사람들이 화가 나서 임금님을 지켜 주고 싶지도 않았거든. 그런데 일본인들이 나서서 그런 못된 왕을 쫓아버리고 자기들이 대신 잘 다스려 주겠다고 하니까 그 말에 속은 사람들도 있었고 말이야. 그래서 일본군들이 마음대로 우리나라 왕에게 겁을 주면서 나라를 뺏을 수도 있었던 거야."

똑똑하고 야무지기로 동네에 소문이 자자했던 우의였지만, 그래도 아직은 어린아이일 뿐이었다. 그래서 엄마의 이야기를 모두 이해하기는 어려웠다. 아니, 엄마의 이야기를 듣고 난 뒤부터 오히려 궁금한 것이 점점 더 많아지기 시작했다. 하지만 당연히 궁금해야 했던 것들을 이제야 비로소 궁금해 하기 시작하는 것은 누구나 머리가 자라고 생각이 깨어나기 시작할 무렵 겪게 되는 일이었다.

엄마의 이야기는 더 이어졌다. 우의가 세 살이 되던 해인 1910년부터 우리나라가 일본의 지배를 받기 시작했는데, 그 때부터 일본 경찰들이 우리나라 사람들을 마치 원시인이나 짐승 다루듯이 해 왔다는 것이었다. 농사를 지을 때도 일본 사람들이 가르쳐 준 대로 해야만 했고, 닭이나 돼지를 잡아 음식을 만드는 일조차도 일본인들의 허락을 받아야만 하게 됐다고 했다. 심지어 경찰들은 아무 때나 동네 사람들의 집 안으로 불쑥불쑥 들어와서 마음대로 이것저것 살펴보기도 했고, 그러다가 몸이 아픈 환자가 있으면 치료를 해 주기는 커녕 '혹시 마을에 전염병을 옮길지도 모른다'며 잡아가 버리기도 했다고 했다. 그리고 그런 지시에 따르지 않거나 반항하는 사람이 있으면 마구 소리를 지르면서 야단치거나 매질을 하기도 했고, 심지어는 잡아가서 몇 달씩이나 경찰서 유치장에 가두기도 했다는 것이었다. 우의는 왜 어른들이 경찰들만 보면 그렇게 무서워하고 혹시 눈이라도 마주칠까 봐 멀찍이 도망을 다니는지, 그리고 왜 늘 고개를 숙이고 허리를 굽실거리며 힘없이 구는지 비로소 알 수 있을 것 같았다.

그런데 바로 한 달쯤 전인 3월 1일에 서울 종로 거리에서 수십만 명의 사람들이 모여 '독립선언'이라는 걸 했는데, 그건 '우리나라의 일은 우리나라 사람들이 스스로 해나갈 수 있으니까 일본 사람들은 간섭하지 말라'는 뜻을 온 세상에 알린 것이었다고 했다. 그런데 그것을 본 일본의 경찰과 군인들이 달려들어 함부로 총을 쏘고 칼을 휘둘러서 수많은 사람들을 죽거나 다치게 했고, 또 수만 명을 잡아 가두어 버렸다고 했다. 원래 일본은 우리나라를 차지한 뒤 우리 땅에 놓은 철도를 통해 군대와 무기들을 실어 나르고, 우리나라의 곡식이나 물자들을 빼앗아 그 군인들을 먹이면서 중국과 아시아 여러 나라들을 침략하려고 마음먹고 있었다고 했다. 그런데 외국 사람들에게는 그런 속셈을 꽁꽁 숨긴 채 '나쁜 왕의 지배를 받으면서 고생해 온 조선의 사람들을 도와주러 왔다'고 선전하고 있었는데, 그 조선 사람들이 독립을 선언한 사실이 외국에 알려지면 자신들이 했던 거짓말들이 모두 탄로나게 되어 곤란해질 수밖에 없었기 때문이었다. 하지만 사람들은 일본의 폭력에도 굴하지 않고 오히려 전국의 여러 지역으로 독립이 선언된 소식을 전하고 있었는데, 그로부터 한 달쯤 지난 며칠 전에는 우의가 살던 충청도 예산의 덕산 마을에도 드디어 그 소식이 전해졌던 것이다.

그래서 바로 오늘, 4월 4일에 7백 명쯤 되는 동네 어른들이 장터에 모여서 '독립 만세'를 외쳤던 것이다. 그중에서도 가장 용감하게 맨 앞에 나섰던 몇 분이 경찰에게 잡혀 경찰서로 끌려가자 나머지 수백 명의 사람들이 경찰서 앞으로 몰려가 잡아간 분들을 풀어 달라고 소리를 질렀던 것이다. 그러자 경찰들은 총을 쏘면서 위협해 사람들을 해산시켰는데, 우의가 본 것이 바로 그 장면이었던 것이다.

우의는 머릿속이 복잡해졌다. 나라를 빼앗겼다는 것, 일본 경찰과 군인들의 총칼에 짓눌려 살아간다는 것, 하지만 맞서 싸울 힘이 없다는 것. 그 모든 현실들을 갑자기 이해하고 받아들이기에는 열두 살의 머릿속이 너무 좁고 순수했다. 하지만 그때 경찰서 앞에서 소리를 지르던 어른들과 그 경찰서 안에 잡혀 있던 어른들은 아무 잘못이 없을 뿐 아니라 아주 용감한 분들이었다는 것, 그리고 그 분들을 위협하고 다치게 했던 경찰과 일본은 언젠가 우리 마을과 우리나라에서 쫓아버려야 한다는 것만은 분명하게 알 수 있었다. 그리고 그러기 위해서는 힘을 기르고 또 합쳐야 한다는 생각도, 어렴풋이 들기 시작했다.

소년 우의의 생각을 깨어나게 만든 것은, 바로 온순하기

만 하던 마을 사람들이 일으킨 소동과 일본 경찰들이 쏘아
대던 총소리였다. 그리고 소년 우의가 막 열두 살이 되던 그
해는 1919년 기미년이었다.

3. 꼬마 자퇴생

요즘 열두 살이면 보통 초등학교 5학년이 된다. 하지만 우의는 열한 살이 되던 한 해 전에 초등학교, 그러니까 그때 말로 보통학교에 입학했다. 원래 큰아버지가 훈장으로 가르치던 동네 서당에 다니며 한문을 배웠지만, 서양 학문을 배워야만 앞으로 살아갈 힘이 생길 거라는 부모님의 생각 때문에 뒤늦게나마 서양식 학교에 다니기로 했던 것이다. 그래서 열두 살의 2학년생 우의는 또래보다 조금 성숙했고 한문도 곧잘 읽을 줄 알았다. 그래서인지 다른 아이들이라면 무심코 지나칠 만한 일도 어른스럽게 곱씹어 생각하는 일이 종종 있었다.

'국어는 나라의 말이라는 뜻인데, 왜 학교 국어 시간에는 일본의 말을 가르칠까?

 1학년에 입학했을 때부터 우의는 그것이 궁금했다. 왜 일본말을 배우는 시간의 이름은 '일본어'가 아니라 '국어'일까? 하지만 2학년이 되던 1919년 봄, 읍내 경찰서 앞에서 독립 만세를 외치던 마을 어른들과 그들 앞에서 총을 쏘던 일본 경찰들을 본 뒤, 그리고 엄마의 말씀을 들은 다음 그 이유를 스스로 깨우칠 수 있었다. 바로 우리가 나라를 일본에 빼앗겼고, 그래서 일본은 우리나라의 어린이들에게 일본을 '우리나라'라고 부르도록 가르치려 한다는 사실을 말이다.

 그러고 보니 학교 선생님들이 왜 모두 일본 사람들인지, 그리고 그 일본인 선생님들은 왜 늘 허리에 수업 시간에는 쓰지도 않을 칼을 차고 다니는지도 알 수 있을 것 같았다. 아마도 일본을 정말로 '우리나라'라고 생각하는 건 일본인들뿐이고, 우리나라 사람들에게 '일본이 우리나라다'라고 가르치면 잘 따르지 않을 테니까 칼을 차고 다니면서 겁을 줘야 했기 때문일 것이었다. 그런 생각을 하다 보니 우의는 갑자기 학교라는 곳에 대한 정이 뚝 떨어지고 말았다. '이제 보니 학교는 우리나라 아이들을 좀 더 똑똑하고 유능하게 만드는 곳이 아니라, 우리나라 사람을 일본 사람으로 바꾸는 곳이구나.' 우의는 그런 생각을 떨칠 수가 없었다.

"저…… 학교에…… 안 가면 안 돼요?"

우의는 보통학교를 그만두겠다고 말씀드렸다. 늘 일본어를 배우고, 또 일본의 훌륭한 점들에 대해 배우느라 정작 유익한 배움은 별로 없더라는 말씀을 드렸다. 그리고 우리나라 사람들에 대해 늘 나쁜 이야기를 하는 선생님에게 배우고 싶은 마음이 들지 않는다는 말씀도 솔직하게 드렸다. 선생님이 지난 4월 초에 읍내에서 만세 운동을 벌였던 동네 어른들을 가리켜 '독립이라는 허깨비에 홀려서 마구 폭력을 휘두르는 깡패 같은 사람들'이라고 말했던 것도 다 말씀드렸다.

부모님도 처음에는 당연히 놀라는 기색이었지만, 곧 고개를 끄덕였다. 그리고 학교를 그만두겠다는 우의를 말리려고 하지도 않았다. 우의가 왜 보통학교를 그만두겠다고 하는지 그 분들도 이미 알고 있기 때문이었다.

순사들만큼은 아니었지만, 보통학교의 일본인 선생들도

별로 다를 것 없이 한국인을 깎아내리고 무시하며 함부로 대한다는 것은 누구나 잘 알고 있는 사실이었다. 우의가 다니던 덕산 보통학교의 일본인 교장과 교사들도 늘 한국인들은 잘 씻지도 않아서 냄새가 나고 더럽다고도 했고, 서로 패거리를 나누어 싸우기를 좋아하여 단합하는 법을 모른다고 말하기도 했다. 또 한국인들은 거짓말하기를 좋아하며 감시하지 않으면 언제나 나쁜 짓을 한다면서 매질과 엄한 처벌이 꼭 필요한 민족이라고도 했다. 그래서 실제로 학교에서도 지각을 하거나, 수업료를 내지 않거나, 선생님의 지시를 제대로 따르지 못하는 사소한 잘못이라도 하면 심한 매질이나 힘든 벌을 세우는 일도 흔했다. 우의의 부모님 역시 그런 사정을 벌써부터 잘 알고 있었고, 그런 이유 때문에 학교에 가고 싶지 않다고 하는 우의를 굳이 말리고 싶지 않았던 것이다.

"그래, 알겠다. 그럼 옆 동네에 작은 학교가 하나 있으니, 앞으로는 그곳으로 다니면서 공부를 하도록 해라."

"예. 알겠습니다."

우의가 원래 다니던 덕산 보통학교는 집에서 읍내 쪽으로

5리쯤 떨어진 곳에 있었다. 하지만 아버지가 말씀하신 '옆 동네의 작은 학교'란 그 반대쪽 고개 너머 마을에 있는 서당이었다. 하지만 그곳은 한문만 가르치는 옛날식 서당과는 조금 달랐다. 최은구라는 분이 혼자서 가르치는 일종의 사립 학교였는데, 한문도 가르치긴 하지만 한글로 된 책도 가르쳤고, 무엇보다도 수학, 과학, 지리처럼 보통학교에서 배우는 과목들도 가르치는 곳이었다. 그런 서당을 흔히 '개량서당'이라고 불렀는데, 그 무렵 일본인 선생들이 가르치는 학교에 아이들을 보내기 싫었던 사람들 중에는 그런 사립학교에 자녀들을 보내는 일이 종종 있었다.

사실 보통학교에 들어가기 전까지 우의는 같은 마을에 있던 큰아버지의 서당에서 공부를 했었다. 하지만 그곳은 최은구 선생이 가르치는 개량서당과는 다른 옛날식 서당이었고, 그곳에서 배운 것도 〈천자문〉, 〈소학〉, 〈명심보감〉 같은 한문들이었다. 하지만 큰아버지도 학문이 깊은 학자는 아니었기 때문에 좀 더 수준 높은 것들을 가르쳐 주기는 어려웠을 뿐 아니라, 옛날식 서당에서 가르치는 한문 외에도 조금 더 다양한 것들을 접하고 배우는 편이 더 낫겠다는 것이 아버지의 생각이었다.

최은구 선생도 어릴 적부터 한문을 공부한 사람이기는 했다. 그래서 그곳에서도 사서삼경은 중요한 과목이었다. 하지만 최은구 선생은 일찍부터 개화사상에 관심을 가진 분이었고, 그래서 수학이나 과학 같은 서양의 학문들에 대해서도 나름대로 아는 것이 많았다. 그리고 늘 잡지나 신문을 읽으면서 세상일에도 많은 관심을 가지고 있었고, 아는 것도 많았기 때문에 지리나 역사 같은 과목에 대해서도 가르칠 수 있었다.

　또 최은구 선생은 그렇게 관심의 폭이 넓었기 때문에 다양한 영역을 오가며 연결시키는 가르침을 주는 것이 특징이었다. 예컨대 〈맹자〉를 읽으면서도 지금 마을에서 벌어지고 있는 일들에 대해 설명하는 식의 수업은, 세상 돌아가는 일에 관심이 많았던 우의에게 특히 흥미로운 것이었다.

　"급함호죄연후(及陷乎罪然後)에 종이형지(從而刑之)면 시망민야(是罔民也)라."

　"잘 읽었다. 뜻을 풀어 보아라."

　"죄를 짓게 만든 다음에 벌을 준다면, 그것은 백성을 그물로 잡는 것과 같다는 뜻입니다."

"잘 했다. 무슨 뜻인지 좀 더 자세히 설명해 볼 수 있겠느냐?"

"백성이 죄를 지을 수밖에 없도록 만들어 놓고 잡아서 처벌하는 것은 백성을 상대로 낚시하는 것과 마찬가지니까, 애초에 죄를 짓지 않고도 편히 먹고살 수 있도록 해 주는 것이 나라가 해야 할 일이라는 뜻입니다."

"잘 했다. 흉년이 들어 백성들이 굶주리고 있는데, 나무와 짐승이 많은 좋은 산은 모두 왕의 사냥터로 정해서 들어가지 못하게 정해 놓고, 먹을 것이나 땔감을 구하기 위해 어쩔 수 없이 그 안으로 들어간 백성들을 잡아서 사형에 처하려는 제후에게 맹자가 하신 말씀이다. 바로 지금 일본의 총독부가 우리나라 농민들에게 하는 짓이 바로 백성을 그물질하는 것과 같다."

최은구 선생은 〈맹자〉를 가르치다가 총독부의 토지조사 사업을 예로 들며 설명을 이어갔다.

"보아라. 지금 다들 먹을 것이 없고 땔감이 없어서 산짐승을 잡거나 산나물이라도 캐 먹어야 하고, 또 산에서 나무라

도 베어 와야 하는데 순사들이 무서워서 그냥 굶주리고 추위에 떠는 사람들이 얼마나 많은가를. 총독부가 '토지조사사업'이라는 것을 벌이더니 아무도 주인이라고 신고하지 않는 땅들을 모두 나라 땅이라고 정해 놓고, 아무도 함부로 들어갈 수 없도록 막아 버렸기 때문에 생긴 일이다. 옛날부터 저 산과 강에 따로 주인이 있다고 생각하는 사람은 아무도 없었다. 하지만 뒤집어서 생각하면 우리 모두가 그 산과 강의 주인이었던 것이다. 그런데 그건 우리 백성들 것이 아니라 총독부 것이니 함부로 들어가면 잡아가겠다고 하면, 그건 총독부가 모든 백성에게서 산과 강을 빼앗아 가는 것과 다를 것이 없다."

최은구 선생은 그렇게 수천 년 전 중국에서 지어진 책의 내용을 가르치면서도 지금 우리나라에서 벌어지고 있는 일들에 대한 이야기를 빠트리지 않았다.

"총독부에서 하루에도 몇 개씩이나 만들어 내는 법이라는 것들이 대개 이렇다. 백성들을 더 편안하게 하기 위한 것이 아니라 불편하게 만들고 가난하게 만들어서, 결국 총독부의 살림만 더 넉넉해지고 더 쉽게 사람들을 다루려고 법을 만들고 있다는 얘기다. 너희도 〈논어〉나 〈맹자〉에 나오는 이야기가 먼 옛날 중국에서만 있었던 일들이 아니라, 지금 여기 조선 땅에서도 똑같이 벌어지고 있는 일들이라는 사실을 명심해야 한다."

1910년부터 1918년 사이에 이루어진 총독부의 '토지조사사업'은 일본이 우리에게서 아무것도 빼앗지 않은 것 같았지만 사실은 많은 것을 빼앗아 간 사건이었다. 그 사업은 정해진 기한 내에 각자 자신이 가진 땅이 어디부터 어디인지 총독부에 신고하도록 하고 그 사실 여부를 조사한 다음, 서로 겹치는 부분은 정확히 측량을 함으로써 어느 땅이 누구의 것인지를 분명히 하고 기록을 남긴 일을 말한다. 그래서 총독부는 나라 안에 얼마만큼의 땅이 있고, 그 땅이 정확히 누구의 것인지를 짧은 시간 안에 파악할 수 있었다. 일본이 우리 땅을 차지한 뒤 제일 먼저 그런 조사사업을 벌인 가장 중요한 이유는, 앞으로 세금을 정확히 거둘 근거를 마련하기 위해서였다. 물론 땅의 주인을 확실히 하고, 그것을 정확히 파악한다는 것 자체는 나쁠 것이 없어 보였다. 세금을 거두기 위한 일이긴 했지만, 그런 일을 해 두어야만 땅 주인들 사이에 되풀이되던 다툼도 해결할 수 있고 길을 놓거나 저수지를 만드는 것 같은 정책들도 실수 없이 해 나갈 수 있었다. 하지만 그 사업은 두 가지 이유에서 우리나라의 농민들에게는 큰 고통이 되고 말았다.

우선 논밭을 가지고 있지는 못했지만 대대로 빌려서 농사를 지어오던 많은 농민들이 갑자기 땅을 빼앗길 위기로 내몰리고 말았기 때문이다. 원래 우리나라의 토지제도는 오늘날과 많이 달랐다. 예컨대 조선 시대에도 논밭마다 주인이 있긴 했지만 그 주인 한 사람의 마음대로 사거나 팔기도 어려웠고, 그 논밭을 빌려서 농사짓는 사람들을 마음대로 내쫓을 수도 없었다. 어떤 땅이 있다면 그 땅을 소유하고 소작료를 받을 권리를 가진 사람도 있지만 그 땅에서 경작할 권리를 가진 사람도 있다고 생각했던 것이 우리 조상들의 토지제도였다. 요즘에도 어떤 건물을 빌려서 장사를 하던 사람이 다른 사람에게 세를 물려줄 때는 '권리금'이라는 걸 받기도 하는데, 그건 그 시절 땅에 대한 우리 조상들의 생각이 아직 완전히 사라지지 않았기 때문이기도 하다. 어쨌든 하나의 땅에 한 명의 주인만을 인정하기로 한 총독부의 결정은 원래 땅을 가지고 있던 소수의 지주들에게는 기분 좋은 일이었지만, 이전까지 자신의 땅은 아니었더라도 그곳에서 농사지을 권리를 인정받고 있던 대부분의 소작농들에게는 날벼락 같은 소식이었다. 지주들이 마음먹기에 따라서는 졸지에 쫓겨나 실업자가 될 위기에 내몰렸기 때문이다.

또 한 가지는 산이나 숲 같이 따로 주인이 없다고 생각했던 땅들에 관한 문제였다. 누구의 것도 아니면서 누구나 활용할 수 있었던 대부분의 산과 숲은 아무도 주인이라고 나서서 신고하는 사람이 없었고, 자연스럽게 국유지(나라의 땅)가 되었다. 그런데 총독부는 국유지에 함부로 사람들이 들어가서 나무를 베거나 짐승을 잡지 못하도록 했다. 각자 자신이 가진 땅에 남들이 함부로 들어갈 수 없게 하는 것처럼, 나라의 땅은 나라의 뜻에 의해서만 활용될 수 있다고 결정한 것이다. 하지만 산은 예전부터 우리나라 사람들이 살아가는 데 있어서 논과 밭 못지않게 요긴한 땅이었다. 흉년이 들어 곡식이 부족할 때면 사람들은 산으로 들어가 나물을 캐고 도토리를 주워 허기를 채웠고, 겨울이 오면 산에서 베어 온 나무로 불을 피워 몸을 녹이고 음식을 했기 때문이다. 그 밖에도 산에서 잡는 산짐승은 늘 고기가 부족하던 사람들이 가끔이라도 영양 보충을 할 수 있게 해 주었고, 빌릴 땅조차 없는 사람들은 산속의 거친 땅을 일구어 고구마나 감자 같은 작물을 심어 거두기도 했었기 때문이다.

그래서 논밭의 경작권을 지주들에게 빼앗기고, 또 산속의 풍성한 장작과 나물과 산짐승마저 빼앗긴 대부분의 농민들은 이전보다 훨씬 어려운 지경으로 내몰리고 말았다. 하지만 총독부는 더 많은 세금을 거두어들일 수 있게 됐을 뿐 아니라 우리 땅으로 건너온 일본인들이 훨씬 더 쉽게 많은 땅을 사들이고 자리를 잡을 수도 있게 됐다. 예전에는 지주와 소작농이 함께 소유하다시피 했기 때문에 지주라고 해도 함부로 사고팔 수 없었던 땅들을 쉽게 사고팔 수 있게 됐고, 이젠 돈이 필요해지면 대대로 물려받고 물려주던 땅들을 팔기 위해 내놓는 사람들도 늘어나게 됐기 때문이다. 그렇게 매물로 나온 땅들은 한 발 앞서 산업화를 이루면서 물가가 높아진 일본 사람들이 보기에 너무나도 싸게 느껴졌다. 우리나라 곳곳에서 마을 사람들 전체가 일본인 지주의 땅을 빌려 농사를 짓는 모습을 볼 수 있게 된 것이 바로 그 무렵 부터였다.

최은구 선생은 바로 그런 모습을 보며 〈맹자〉에 나오는

'백성을 상대로 그물질 하는 못된 임금'의 정치와 같다고 설명했던 것이다. 몇 해 전 경찰서 앞에서 시위를 벌이던 동네 어른들의 모습을 보며 처음 일본 식민지배의 부당함을 깨우쳤던 우의는 그런 배움들을 통해 조금 더 분명하고 구체적인 인식을 가질 수 있게 됐다. 일본에게 나라를 빼앗긴 뒤 대부분의 사람들은 예전보다 살기 어려워지고 있었던 것이다.

머리가 좋고 호기심이 많았던 우의는 배움도 다른 친구들에 비해 빨랐다. 그리고 우의의 그런 반짝이는 호기심은 최은구 선생에게도 좋은 자극이 되었을 뿐만 아니라, 다른 친구들에게도 좋은 영향을 미쳤다. 그렇게 우의는 1년 남짓 다녔던 보통학교 때와는 비교할 수도 없을 만큼 즐겁고 유익한 공부를 서당에서 할 수 있었다.

하지만 그런 즐거운 공부의 시간도 겨우 2년 만에 갑자기 막을 내리게 되고 말았다. 우의가 열네 살이 되던 1921년, 읍내 경찰서의 순사 한 명이 수업 중에 불쑥 서당 문을 열고 들어오더니 '총독부가 정한 법에 따라 이 서당은 더 이상 문을 열 수 없다. 오늘부터 학생들을 모두 돌려보내고 문을 닫으라'고 명령했기 때문이다.

이미 3년 전인 1918년, 총독부는 '서당규칙'이라는 법을 만들어 발표했다. 도지사와 총독의 허락을 받지 않고 서당을 세우고 학생들을 모아서 가르치면 처벌한다는 법이었다. 일본인 선생들에게 배우기 싫어서 학교를 그만두는 학생들이 점점 늘어나고, 그런 학생들 중에 동네에 세운 개량서당에서 공부하는 경우가 많다는 걸 총독부에서도 알게 됐기 때문이다. 하지만 일본인들은 오래도록 더 쉽게 우리나라를 지배하기 위해서는 우리나라 사람들에게 어릴 때부터 일본에게 순종하는 태도를 가르쳐야 한다고 생각했다. 그래서 일본인 선생들이 가르치는 학교에서 학생이 빠져나가지 못하도록 하기 위한 법을 만들었던 것이다.

법을 만들었다고 해서 모든 개량식 서당이 금방 사라지지는 않았다. 총독부도 처음부터 철저하게 서당들을 금지한 것은 아니었는데, 그들이 토지조사사업이나 의병토벌처럼 당장 통치를 해 나가기 위한 준비 작업에 몰두하느라 교육처럼 덜 급한 일에는 많은 신경을 쓰지 못했기 때문이기도 했다.

하지만 3·1운동을 겪으면서 총독부는 한국인들의 저항을 누그러뜨릴 방법들을 찾기 위해 여러모로 새로운 궁리를 하기 시작했다. 그리고 한국인 어린이들에게 철저한 일본식 교육을 함으로써 어린 시절부터 일본에 저항하는 마음을 뿌리 뽑는 것이 중요하다는 결론에 이르게 되었다. 3년 전에 만들었던 법을 들이대며 갑자기 서당 문을 닫게 만든 것 역시 그런 총독부의 위기감 때문이었다.

결국 최은구 선생은 서당 문을 닫아야 했고, 학생들도 모두 흩어지게 되고 말았다. 어떤 아이는 다시 보통학교로 돌아갔고, 또 어떤 아이는 그냥 공부하기를 포기한 채 일찌감치 부모님의 농사일을 돕기도 했다. 하지만 우의는 공부를 계속 하고 싶었고, 그렇다고 해서 일본인 선생들이 가르치는 보통학교로 돌아가기도 싫었다. 그런 우의에게 최은구 선생은 또 다른 서당을 소개해 주었다.

"우의야. 여기서 5리쯤 가면 덕숭산 자락에 '오치서숙'이라는 곳이 있다. 여기보다 조금 더 큰 서당인데, 그곳에서 가르치시는 성주록 선생님은 나하고는 비교할 수 없을 만큼 학문이 훌륭한 어른이시다. 아직 어리긴 하지만, 너라면 그곳에서도 어려움 없이 배울 수 있을 게다. 그곳 학생들은 다들 너에게 큰형님들이니까, 말씀 잘 들으면서 열심히 공부해 보도록 해라. 선생님께는 내가 소개 편지를 따로 써 주마."

최은구 선생이 가르치던 개량식 서당과 달리 성주록 선생이 가르치는 오치서숙은 전통식 서당이었다. 한문을 주로 가르치는 곳이었다는 뜻이다. 즉, 개량식 서당은 보통학교와 비슷한 것을 가르쳤지만 전통서당은 완전히 달랐다. 그래서 총독부도 개량식 서당은 대부분 문을 닫게 만들었지만 전통서당은 예외로 두고 있었다. 최은구 선생의 서당과 달리 성주록 선생의 오치서숙이 문을 닫지 않을 수 있었던 것은 그 때문이었다.

　그런데 그곳은 조금 더 나이도 많고 공부도 많이 한 학생들이 배우는 곳이었다. 최은구 훈장의 서당이 주로 초등학생이나 중학생쯤 되는 어린아이들이 공부를 하는 곳이었다면, 성주록 선생의 오치서숙은 고등학생이나 대학생쯤 되는 청년들이 공부를 하는 곳이라고 할 수 있었다. 그만큼 공부의 수준도 높았고 선생과 학생들이 주고받는 말도 어려웠다. 하지만 우의는 그나마 어린 시절 한문을 열심히 공부한 적이 있었고, 또 뒤처지지 않기 위해 더 열심히 노력하며 따라갔다. 그래서 불과 몇 달 만에 우의는 선생님과 선배들의 인정을 받는 우수한 학생이 될 수 있었고, 2년 뒤에는 추석을 맞아 오치서숙이 주최하고 예산군의 많은 학생과 선비들이 참가한 시 짓기 대회에서 1등을 차지하기도 했다.

성주록 선생은 최은구 선생만큼 관심의 폭이 넓지는 않았다. 그래서 서양 학문에 대해서도 아는 것이 별로 없었다. 하지만 민족의식만큼은 누구보다도 뜨거웠고, 나라를 빼앗아 간 일본에 대한 분노 역시 누구보다도 깊었다. 성주록 선생은 젊은 시절에 김복한이라는 유명한 선비에게 한문을 배웠다. 그런데 그 김복한 선생은 나라를 빼앗기기 전 조선 시대 말기에 우리나라의 왕비였던 명성황후가 궁궐로 침입한 일본의 낭인들이 휘두른 칼에 맞아 죽임을 당하자 분을 삼키며 제자들과 함께 의병을 일으킨 적도 있었고, 훗날 을사조약이 맺어져 일본에게 외교권을 빼앗기자 그 조약에 도장을 찍은 이완용을 비롯한 대신들을 처단해야 한다고 주장하다가 감옥에 갇히기도 했던 분이었다. 성주록 선생은 우의를 비롯한 제자들을 이끌고 스승 김복한의 뜻을 이어받은 유생들이 모인 '유교부식회(儒教扶植會)'라는 단체에 참여하기도 했는데, 우의는 그곳에서 총독부의 정책을 비판하고 독립의 필요성에 대해 토론하는 자리에 끼어 그들 사이에 오가는 말들을 새겨들으며 배울 수 있었다.

4. 〈개벽〉

"아저씨, 〈개벽〉 들어왔습니까?"

"우의 왔구나. 어제 들어왔다. 그렇지 않아도 네가 찾으러 올 줄 알고 따로 한 권 챙겨 놨지. 자, 여기 있다."

"감사합니다."

〈개벽〉은 천도교청년회가 1920년 여름부터 발간하던 잡지였다. 천도교는 그 시대에 우리나라에서 가장 규모가 큰 종교였다. 기독교나 불교보다도 신자의 수가 훨씬 많았고, 지방의 작은 읍이나 면까지도 천도교당이 세워져 있을 만큼 잘 조직되어 있기도 했다. 천도교는 30여 년 전 탐관오리의 횡포와 외국 군대의 침략으로부터 나라를 지키기 위해 전국에서 들고일어난 수십만 명의 농민들을 이끌었던 동학의 전통을 이어받은 종교였고, 그 지도자 손병희는 전봉준 장군과 함께 동학농민군을 이끌고 맨 앞에서 싸웠던 사람이기도 했다. 고종이 끌어들인 일본군에 의해 농민군이 진압된 뒤, 손병희는 남은 사람들을 모아 천도교를 만들고 더 공부하고 실력을 길러 다시 뜻을 펼칠 기회를 살피고 있었다.

천도교의 그런 영향력을 알고 있었던 일본은 예전에 동학농민군의 지도자였다가 친일파로 변신해 일진회를 이끌고 있던 이용구를 손병희에게 보내 '일본에게 협조하면 천도교의 활동을 보호해 주겠다'고 유혹하기도 했다. 하지만 손병희는 그런 일본의 제안을 단호히 물리쳤을 뿐 아니라, 반대로 일본에 저항하는 전 민족적 독립운동을 일으키기 위해 애썼다. 그렇게 손병희가 앞장서서 준비한 것이 바로 3·1운동이었던 것이다. 손병희는 최남선에게 부탁해 독립선언문을 쓰게 한 다음 천도교가 운영하던 인쇄소에서 대량으로 인쇄하도록 했고, 다른 종교 지도자들이나 정치 지도자들을 만나 민족의 이름으로 독립선언을 할 것을 제안하기도 했다. 결국 1919년 3월 1일에 독립선언을 낭독한 뒤 일본 경찰에 잡혀간 손병희는 징역 3년을 선고받고 옥살이를 하던 중 병을 얻어 3년 뒤인 1922년에 세상을 떠나고 말았다.

그래서 〈개벽〉은 종교단체에서 발간하는 잡지였지만 천도교 교리를 소개하는 내용보다는 사회적인 관심을 다루는 내용이 훨씬 많았다. 대부분의 지면이 총독부의 실정을 고발하거나 비판하고 나라의 안과 밖 곳곳에서 이루어지던 독립운동의 동향을 소개하는 글들로 가득 채워지곤 했던 것이다. 물론 〈개벽〉도 총독부의 검열과 감시를 받아야 했기 때문에 쓰고 싶어도 쓸 수 없는 이야기도 많았고, 때로는 독립운동가들을 나쁘게 표현하거나 비판하는 경우도 있었다. 하지만, 오히려 그것이 그들의 활약상을 전하기 위해 어쩔 수 없는 방법이라는 사실은 대부분의 독자들이 이해하고 있었다.

나이는 어렸지만 이미 독립을 향한 열정을 가슴에 품고 그것을 현실에서 펼치기 위한 공부를 차곡차곡 해 나가고 있던 우의 역시 그런 〈개벽〉의 열혈 독자였다. 〈개벽〉은 서울에 비해 모든 소식이 느리던 충청도 덕산 마을에서 세상 돌아가는 소식을 접할 수 있는 가장 빠른 통로였을 뿐 아니라, 당대 최고의 지식인과 문인들의 글을 통해 세상을 보는 시야를 넓히고 다듬을 수 있는 좋은 교재였기 때문이다. 그 무렵 〈개벽〉에는 이돈화, 이두성, 민영순 같은 지식인들 외

에도 염상섭, 김동인, 현진건, 나도향 같은 최고의 문인들이 많이 참여하고 있었기 때문에 가장 훌륭한 기사와 논설과 문학작품을 접할 수 있는 매체였다. 우의로서는 서당에서 공부하는 한문과 고전만으로는 채울 수 없었던 사회적 관심을 충족시키고, 새로운 지식들을 접할 수 있는 좋은 참고서가 바로 〈개벽〉이었던 셈이다.

여러 가지 책과 잡지들을 즐겨 보던 최은구 선생을 통해 처음 이 잡지의 창간 소식을 알게 된 뒤부터 우의는 매달 7일이나 8일쯤이 되면 어떻게든 책값을 마련해 읍내 서점으로 달려갔다. 매달 1일에 발간되던 〈개벽〉이 덕산 읍내의 서점에까지 들어오려면 일주일 정도 시간이 걸렸기 때문이다. 그렇게 한 달씩 기다린 끝에 새로 나온 〈개벽〉 한 권을 받아 드는 날이면 우의는 밥도 뜨는 둥 마는 둥 하고 방에 틀어박혀 밤늦게까지 그 책을 읽곤 했다. 그러다 보면 매달 새 책을 받을 때마다 유난히 눈길이 가고 마음이 모이는 글이 한두 개씩은 있기 마련이었다. 그리고 1920년 12월에 발간된 6호에서도 우의의 눈길을 유난히 끌어당기는 기사가 하나 실려 있었다. 기사의 제목은 '강우규 사건 예심 종결'이었다.

"(11월) 29일에 작년 8월 1일에 새로 부임하는 사이토 총독 일행을 남대문역(지금의 서울역을 가리킨다) 앞에서 폭탄으로 공격해 20여 명을 다치게 함으로써 세상을 놀라게 한 강우규와 그 협조자 세 사람에 대한 예심이 끝나고 경성지방법원으로부터 유죄 판결이 내려졌는데, 여러 신문들이 앞다투어 그것을 보도하자 많은 사람들이 그 범인의 대담함과 용감함에 벌벌 떨었다. … (중략) … 강우규는 조선에서 하세가와 총독이 3·1운동의 책임을 지고 물러났음에도 불구하고 신임 사이토 총독이 새로 부임한다는 소식을 듣고 '전임 총독이 이미 한국인들의 저항을 막지 못해 물러났는데도 새 총독은 대체 어떤 사람이기에 무슨 생각으로 감히 다시 부임하는가.'라고 생각했다. 그리고 '새로 부임하는 총독은 세계의 대세인 민족자결주의에 반하며 하늘의 뜻에 어긋나고 사람의 도리를 무시하며 2천만 민족을 궁지에 빠뜨리는 원흉이니 그를 죽여 조선인의 열망을 널리 알리고 조선독립을 이루도록 해야겠다'고 결심한 뒤 러시아의 우수리스크 역에서 어떤 러시아인에게서 폭탄을 사들인 다음 블라디보스토크와 원산을 거쳐 서울에 들어와 결국 총독을 남대문역 앞에서 공격했다. … (후략)"

3·1운동이 일어난 뒤 우리나라를 통치하던 조선총독이 바뀐 일은 우의도 이미 알고 있었다. 전국 곳곳에서 벌어진 한국인들의 독립선언과 만세 시위를 미리 막지 못한 책임을 물어 일본의 천황이 전임 총독을 해임하고 새로운 총독을 보냈던 것이다. 하지만 부임 첫날 그 신임총독을 향해 폭탄을 던진 사람이 있었고, 비록 총독을 죽이지는 못했지만 실제로 그 폭탄이 터져 수십 명을 다치게 하는 큰 사건이 벌어졌었다는 사실까지는 미처 알지 못하고 있었다.

더구나 그런 엄청난 일을 벌인 사람이 팔팔한 청년이 아니라 이미 나이가 많은 노인이라는 사실이 더욱 놀라웠다. 기사 속에 강우규라는 사람의 정확한 나이가 적혀 있지는 않았다. 하지만 이미 서른 살부터 학교를 세워 젊은이를 가르치던 중에 한일병합 소식을 들었다는 내용이 있었다. 그래서 미루어 생각하면 신임 총독에게 폭탄을 던질 때 최소한 마흔 살은 넘을 수밖에 없었다. 더구나 러시아 땅에서 결성된 '노인동맹단' 소속이었다는 설명을 보면 사실은 그보다도 훨씬 나이가 많은 사람임에 틀림이 없었다. 사실 나중에 알게 된 것이지만, 그때 강우규의 나이는 65세였다.

짤막한 기사였지만, 그 내용은 계속 떠오르고 맴돌며 우의의 머릿속을 떠나지 않았다. 잠자리에 누워 눈을 감으면 곧 서울역(그 당시에는 '남대문역'이라고 불렸다) 광장으로 들어서는 신임 총독 일행의 위풍당당한 모습과 그 주위로 몰려드는 군중들의 거창한 광경이 그려졌다. 그리고 바로 다음 순간 그곳을 아수라장으로 만들어 버린 폭탄의 폭발음이 귓가에서 들리는 듯했고 파편과 먼지들이 눈 따갑게 흩날리는 듯도 했다. 혼비백산 도망치는 일본인 총독과 경찰들이 바로 곁으로 스치듯이 달려가는 것만 같았고, 그 아수라장 한복판에서 목이 터져라 '조선 독립 만세'를 외치는 백발노인의 당당한 모습이 생생하게 떠올랐다. 그럴 때면 우의는 가슴이 터져나갈 것 같은 흥분을 느꼈고, 며칠이고 밤잠을 설치곤 했다.

하지만 다른 한편 우의의 가슴으로 밀려드는 것은 부끄러움이었다.

'환갑이 넘은 할아버지가 저렇게 폭탄을 던지며 싸우는데, 이곳 마을에서 제일 힘이 세고 똑똑하다고 자랑하는 나는 나라의 독립을 위해 하는 일이 아무것도 없구나.'

흥분에 뒤척이다가 차가운 새벽 공기가 방문 틈으로 스며들 때쯤, 우의는 그렇게 부끄러움에 젖어 움츠러들다가 깜빡 토막잠에 빠져들곤 했다.

기사에는 '예심의 종결'이라고 표현되어 있었지만, 사실 1920년 11월 29일은 강우규에 대한 사형이 집행된 날이었다. 그리고 다시 한 달 뒤인 1921년 1월 1일에 발간된 〈개벽〉 7호에는 이런 기사가 다시 실려 있었다. 기사의 제목은 '강우규 사형 집행'이었다.

"지난 5월 27일에 상고가 기각됨과 동시에 사형이 확정된 뒤 180여 일의 지긋지긋한 시간을 종로구치소 철창에서 지내던 그(강우규)는 29일 오전 10시 30분 서대문 감옥 사형대에서 최후의 숨을 거두고 말았다. 그는 사형이 집행될 날이 다가왔음에도 불구하고 의연히 성경을 읽는 등 태연했으며 교수대에 오를 때는 특별한 유언도 없이 다만 시 한 수를 남겼을 뿐이었다."

그 시는 이런 것이었다.

"동포들은 내 모습을 알 수 없겠지만
하늘이 내린 뜨거운 충심은 뼈에 새겼네.
죽음과 삶의 흔적을 지금 다시 찾아보니
천국에는 이미 의로운 선비들의 숲이 활짝 열렸네."

　기사와 시를 읽으면서 우의는 자신도 모르게 눈물이 흘러내리는 것을 주체할 수 없었다. 그가 죽기 직전 '내 모습을 알 수 없을 것'이라던 동포가 바로 우의 자신을 가리키는 말 같았기 때문이다. 강우규라는 이름의 한 노인이, 서울 한복판에서 일본 총독을 향해 폭탄을 던지며 용감하게 저항했고, 아무도 모르는 곳에서 쓸쓸히 죽음을 맞이하면서도 의연함을 잃지 않았다는 사실을 뒤늦게 알게 된 자신이 너무나 부끄러웠고 죄송했기 때문이다.

　물론 강우규의 죽음을 알지 못했던 것은 우의만이 아니었다. 대부분의 신문과 잡지들도 그의 거사와 그의 죽음에 대해 자세히 다루지 않았을 뿐 아니라, 그의 장례식마저도 제대로 치를 수 없을 만큼 총독부가 감추고 숨기기 위해 애를 썼기 때문이다.

　강우규의 사형 집행 소식이 실려 있었던 〈개벽〉 7호의 앞부분에는 이런 기사도 있었다.

"4일 조선총독부는 사형과 무덤과 제사와 초상을 단속하는 데 대한 새로운 법령을 발표했다. 그 내용은 사형을 당하거나 무기징역, 또는 금고의 형을 받고 복역하다가 사망한 자에 대해서는 공개적으로 장례를 치르거나 제사를 지내지 못하게 했고, 또는 사진, 필적, 초상을 공개하거나 추도회를 치르지 못하게 한 것인데, 그것은 우선 강우규의 사형을 집행하기 위한 일종의 준비였다."

일본은 강우규의 용감한 행동과 비극적인 죽음이 한국인들에게 널리 알려질까 봐 두려웠던 것이다. 그래서 '사형당하거나 감옥에서 죽은 사람은 장례식도, 제사도 치르지 못하고 사진이나 글씨도 공개하지 못하게 하는' 엉터리 같은 법을 새로 만들기까지 했다는 내용이었다.

하지만 〈개벽〉은 새로 정해진 법령을 소개하는 척하면서, 그리고 재판장의 판결문을 소개하는 척하면서 강우규가 어떤 사람이고 어떤 일을 했으며 어떻게 죽었는지를 모두 알렸던 것이다. 그리고 그런 〈개벽〉의 조심스러운 노력 덕분에 강우규의 삶과 죽음을 뒤늦게나마 알게 된 젊은이들 중 하나가 바로 덕산 마을의 우의였다.

5. 강우규

그 뒤로 우의는 틈틈이 '강우규'라는 사람에 대해 조금이라도 더 알아보기 위해 애를 썼다. 면사무소나 읍내 우체국에 들를 때마다 신문을 구해서 읽기도 했고, 서점에서 한참을 머무르며 〈개벽〉 외의 다른 잡지들을 샅샅이 훑어 내리기도 했다. 그리고 장터에서 묵은 신문 뭉치를 구해 혹시 예전 기사들 중에라도 눈에 띄는 것이 있는지 뒤적이기도 했다. 그러다가 어디선가 '강우규'라는 이름 세 글자를 찾으면 귀한 보물이라도 찾은 듯 기뻐하며 읽은 다음 잘라내 따로 모으기도 했다.

〈개벽〉이 아닌 다른 잡지에서는 강우규에 대해 다룬 기사를 단 하나도 찾을 수가 없었다. 그만큼 잡지들에 대한 총독부의 감시와 간섭은 꼼꼼하게 이루어지고 있었고, 강우규가 감행한 의거는 그만큼 총독부 입장에서 불쾌하고 불편한 사건이었던 것이다. 하지만 〈동아일보〉와 〈신한민보〉 같은 신문에서는 심심치 않게 그에 관한 기사들을 찾을 수가 있었다. 물론 그 신문들 역시 총독부의 지시를 받거나 감시를 받고 있었기 때문에 강우규와 그의 활동을 제대로 소개하기는 어려웠다.

하지만 잡지들과 달리 신문들은 강우규에 관한 기사를 계속 쓸 수밖에 없는 이유가 있었다. 일본 경찰들의 입장에서 보자면, 신임 총독이 목숨을 잃을 뻔한 사건을 미리 막지 못한 것만 해도 큰 벌이 내려질 만한 일이었을 뿐 아니라, 보름이나 지난 뒤에야 간신히 범인을 잡고 보니 날쌘 젊은이도 아닌 환갑 지난 노인이었다는 사실이 경찰들에게는 엄청난 망신으로 느껴졌기 때문이다. 그래서 경찰들은 그 사건이 노인 한 명이 혼자 꾸민 일이 아니라 거대한 조직과 수많은 사람들이 배후에서 도운 결과임에 분명하다고 생각했고, 또 그렇게 변명하고 싶어 했다. 그래서 강우규와 조금이라도 접촉이 있었거나 관련이 있어 보이는 사람들을 모두 잡아들여 들볶아대며 엉터리 범인들을 만들어 내려고 했다. 강우규의 재판이 끝나기 전까지만 해도 11명이나 되는 사람들이 공범으로 지목되고 그중 8명이 체포되어 온갖 고문을 당하는 고통을 겪기도 했다. 그런데 그 8명은 대부분 목사, 약사, 간호사같이 강우규의 건강을 돌보느라 잠시 마주쳤던 이들이었고, 그 밖에도 강우규가 묵었던 집의 주인이나 그 부인들처럼 아무 죄가 없고 아는 것도 없는 이들이었다. 하지만 그들은 끝내 1년에서 2년 사이의 징역형을 선고받았고, 차가운 감옥에 갇히는 억울한 일을 당할 수밖에 없었다.

물론 강우규는 그런 경찰들의 모습을 보면서 코웃음을 쳤다. 법정에서는 누구와 공모했느냐며 추궁하는 검사를 향해 웃으면서 이렇게 소리치기도 했다.

"이렇게 중요한 일을 도대체 누구와 상의할 수 있다는 말이냐? 그럼 이 재판은 너희 총독이 시켜서 하는 것인가, 너희 천황이 시켜서 하는 것인가?"

하지만 경찰은 끝까지 강우규가 어떤 배후 인물의 꼭두각시라거나 거대한 조직의 도움을 받은 하수인이라는 이야기를 퍼트렸다. 그래서 강우규의 의거가 벌어진 이후 몇 년이 지날 때까지도 '강우규의 범죄에는 아무개의 도움이 있었다는 사실을 밝혀냈다'거나 '그 아무개를 체포했다'는 식의 경찰 발표가 계속 이어졌고, 신문들은 그런 발표들을 자연스럽게 보도하게 되었던 것이다. 하지만 그 덕분에 우의 같은 사람들이 강우규와 그가 한 일에 대해 조금씩 더 알 수 있게 되리라는 생각까지는 일본 경찰들도 미처 하지 못했다.

  강우규는 1855년에 평안도 덕천이라는 산골마을에서 태어난 사람이었다. 그러니까 1919년에 서울역에서 신임 총독 사이토에게 폭탄을 던졌을 때의 나이는 무려 65세였고, 형무소에서 아무도 모르게 사형이 집행돼 눈을 감았을 때의 나이는 66세, 환갑을 훌쩍 넘긴 노인이었다. 특히 의료기술이나 위생이 발달하지 못했기 때문에 사람들의 수명도 길지 못했던 그 시대에는 60세가 넘을 때까지 사는 사람도 흔하지 않았기 때문에 '환갑을 지낸 노인'은 '장수한 사람'으로 통했다. 당시의 '환갑 지낸 노인'이란 요즘 시대의 나이로 비교해 보면 최소한 80세는 넘은 노인과 비슷했던 셈이다. 그래서 그 시대에 환갑을 지낸 노인들은 대부분 논밭 일에서 도 물러나 손주들의 재롱이나 보고 친구들끼리 장기나 두면서 노년의 한가한 시간을 보내는 것이 보통이었다. 그런데 강우규는 그런 65세의 나이에 목숨을 던져 일본 식민지배자들과 싸웠던 것이다.

강우규는 어린 나이에 부모님을 잃고 누나 집에서 어렵게 자랐지만 서른 살 즈음엔 함경도의 홍원이라는 도시로 나가 장사를 해서 많은 돈을 벌었다. 하지만 힘들었던 자신의 어린 시절을 떠올린 강우규는 그 돈을 혼자 즐기는 데 쓰지 않고 학교를 세워 어린이와 젊은이들을 가르치는 데 썼다고 했다.

물론 강우규가 그런 어려운 결심을 하게 된 데는 특별한 계기가 있었다. 이동휘 선생과의 만남이 바로 그것이었다. 이동휘는 젊은 시절 무관학교를 졸업하고 대한제국 육군에서 참령(지금의 소령)까지 지냈지만 1907년에 일본에 의해 군대가 강제로 해산되자 무기를 반납하지 않고 사람들을 모아 의병을 일으키려다가 체포되어 옥살이를 했다. 그리고 풀려난 뒤에는 안창호, 이동녕 등과 함께 신민회를 만들어 활동했다. 그 시절 그는 한편으로는 젊은 군사 지도자들을 길러내기 위해 나라 밖에 몰래 군관학교를 세우기 위해 노력했고, 다른 한편으로는 전국을 돌아다니며 젊은이들에게 민족의식을 일깨우고 배움의 필요성을 알리는 강연을 하는 일에 힘을 썼다. 그는 훗날 나라를 일본에 빼앗기자 러시아의 블라디보스토크로 망명해 독립운동에 투신했고, 3·1운동이 일어난 뒤에는 상하이로 가서 임시정부 수립에 참여하여 국무총리를 지내기도 했다.

이동휘 선생이 전국을 돌며 강연을 하던 시절, 함경도 홍원에서 열었던 강연회에서 두 사람은 처음 만나게 됐다. 그 자리에 참석해 강연을 듣고 커다란 감명을 받은 강우규는 강연이 끝난 뒤 이동휘 선생을 집으로 초청해 저녁식사를 대접하며 더 깊은 이야기를 나누었고, '젊은이들이 더 많이 배우도록 해야만 나라를 지켜낼 수 있다'는 말에 공감해 자

신의 재산 대부분을 교육 사업에 투자하기로 결심했던 것이다.

하지만 얼마 뒤인 1910년에 '한일병합조약'이라는 것이 맺어져 일본에게 나라를 빼앗겼다는 소식이 들려오자 강우규는 크게 상심했다. 지켜내겠다고 결심했던 나라를 이미 잃어버렸다는 생각에 좌절했던 것이다. 하지만 강우규는 다시 마음을 다잡고 새로운 결심을 했다. '교육을 통해 나라를 지키겠다'는 생각도 틀린 것은 아니지만, 나라를 되찾기 위해서는 그것만으로는 부족하다는 생각을 하게 됐던 것이다.

강우규는 자신이 가진 모든 재산을 정리한 다음 국경을 넘어 중국으로 망명했다. 일본이 차지해 버린 땅에서는 하

루도 더 살고 싶지 않았기 때문이다. 그리고 나라를 되찾기 위한 노력을 해 나가려면 우선 일본 경찰들의 감시망을 벗어나야 한다고 생각했기 때문이다. 그는 나라를 빼앗긴 이듬해인 1911년에 자식들과 손주들까지 모두 이끌고 두만강을 건너 북간도 두도구라는 곳으로 가서 잠시 머물렀고, 다시 4년 뒤인 1915년에는 러시아와의 국경 가까이에 있는 길림성의 요하현이라는 곳에 땅을 산 뒤 마찬가지로 두만강을 건너오는 한국인들을 모아 마을을 만들었다. 마을의 이름은 의논 끝에 '신흥촌'이 되었다. '신흥촌'이란 '새롭게 일어서는 사람들의 마을'이라는 뜻이었는데, 비록 남의 나라 신세를 지는 망명객의 처지지만 배우고 가르치며 힘을 길러 다시 나라를 되찾기 위한 준비를 하자는 뜻을 담은 것이었다.

강우규는 새로 정착한 신흥촌에서도 교육사업을 멈추지 않았다. 그곳에서도 학교를 세우고 '광동학교'라고 이름을 지은 뒤 스스로 교장이 되어 학생들에게 우리나라의 역사와 한글을, 그리고 언젠가 반드시 독립을 되찾아야 한다는 정신을 가르쳤다.

강우규는 민족의 독립에 조금이라도 기여하기 위해 자신이 가진 재산과 노력을 모두 털어 넣었고, 자꾸 나이가 들어

가면서 쇠약해지는 자신의 체력과 시간을 짜내 헌신했다. 하지만 나라를 잃고 망명객으로서 낯선 중국과 러시아 땅에서 10여 년을 보내는 동안 별로 기쁜 소식은 들려오지 않았다. 그보다는 오히려 배신감을 느끼게 하거나 환멸을 느끼게 하는 소식들이 더 많았다. 예컨대 '조선귀족령'에 관한 소식 같은 것이 그랬다.

우리나라를 집어삼키자마자 일본은 조선과 대한제국에서 높은 벼슬을 지낸 사람들에게 일본의 귀족 작위와 뭉칫돈을 집어주었다. 옛 조선의 지배층들을 구슬려서 일본에 협조하기만 하면 계속 특권을 누리며 살 수 있다는 걸 알리기 위해서였고, 동시에 우리 민족이 나뉘어 서로 싸우게 하기 위해서였다. 조선총독부는 조선의 지배층과 한일병합에 공을 세운 이들 중에서 76명을 골라 '대일본제국의 귀족' 작위를 내리고 '은혜롭게 내려주는 돈'이라는 뜻의 은사금(恩賜金)을 쥐여 주었다.

일본은 메이지유신을 통해 천황이 실권을 쥐게 된 뒤 영국 같은 유럽 나라들을 따라서 귀족제도를 만들었다. 천황에게 충성을 바치기로 한 여러 영주들에게 등급을 나누어 작위를 줌으로써 천황의 권위를 더 빛나게 하기 위한 것이었다. 귀족 중에서도 가장 높은 등급은 공작이었고, 그 다음으로 후작, 백작, 자작, 남작의 다섯 가지 등급이 있었다. 그 제도를 따라서 일본의 천황은 조선에서 높은 벼슬을 지낸 이들에게 작위를 나누어 주었는데, 가장 높은 등급인 공작은 아무도 없었고 두 번째 등급인 후작부터 남작까지 4등급의 작위를 그 76명에게 각각 하사한 것이었다.

철종의 사위였고 대한제국 시절에 처음 태극기를 만들어 사용하기도 했던 개화파인 박영효를 비롯한 6명은 두 번째 등급인 후작(侯爵)이 되었고, 순종황제를 대신해 한일병합조약에 서명한 총리대신 이완용을 포함한 3명은 세 번째 등급에 해당하는 백작(伯爵)이 되었다. 그 밖에 일진회를 이끌고 의병 토벌에 앞장섰던 송병준을 비롯한 22명에게 네 번째 등급인 자작(子爵) 작위가 내려졌고, 농민들을 핍박하고 탐관오리들을 비호해서 동학농민봉기의 발단을 만들었던 이용태를 비롯한 45명이 다섯 번째 등급인 남작(男爵) 명단에 포함되었다.

또한 그들에게는 등급에 따라서 모두 3천만 엔의 은사금이 나누어 쥐어졌는데, 오늘날의 가치로 환산하면 대략 6천억 원에 해당하는 엄청난 돈이었다. 그것은 그들이 그 이전까지 온갖 부정과 비리를 저질러가며 모은 재산보다도 더 많은 것이었고, 누구라도 욕심을 내지 않을 수 없는 너무나 달콤한 당근이었다. 하지만 그것이 나라를 빼앗은 일본의 천황이 주는 것이며, 앞으로도 동포들이 일본에게 저항하지 못하게끔 잘 협조하라는 뜻에서 주는 것임을 생각한다면 누구도 함부로 손댈 수 없는 역겨운 물건이기도 했다. 그럼에도 불구하고 조선과 대한제국이라는 나라의 가장 높은 자리에 앉아 가장 많은 특권을 누려 왔고, 따라서 나라가 망한 일에 가장 큰 책임을 져야 할 그들의 반응은 너무나 놀라웠다.

1910년 10월 7일 오전 11시, 조선총독부 관저에서 데라우치 총독이 일본 천황을 대신해서 작위와 은사금을 내리는 '수작식'이 치러졌다. 그리고 사흘 뒤인 1910년 10월 11일에 발행된 〈매일신보〉에는 그날 작위와 은사금을 받은 이들의 모습을 묘사한 기사가 실렸다. 그 내용 중에는 '기쁨을 참기 어려워 늙은 몸을 일으켜 참석'했다고 말한 이도 등장하고, '평화로운 기운이 집안에 충만하여 봄바람이 한꺼번에 도달한 것 같았다'고 소감을 말한 이도 나온다. 그리고 의식을 마친 뒤에는 '뜻밖에 작위를 받은 기쁨에 겨워 집에 돌아가서도 신발을 벗지도 않고 자리에 올라 환호하고 크게 웃으며 손과 발이 춤을 추며 어쩔 줄을 몰라 했던' 이도 있었다고 묘사되어 있다. 그들 외에도 일본 황제로부터 '귀족'으로 인정받은 이들은 대부분 대대적인 잔치를 열어 자신들의 영광과 기쁨을 널리 알리고 자랑했다. 그 열흘쯤 뒤인 10월 23일에는 그들 '조선귀족'들이 '조선귀족 일본 관광단'이라는 이름으로 부부동반 일본 여행을 즐기고 일본 천황의 생일잔치까지 참석할 기회를 얻었는데, 그 일정에 동참한 이들의 수도 74명이었다.

물론 모든 이들이 그랬던 것은 아니다. 76명 중에서 단 8명뿐이었지만, 일본 천황이 주는 작위와 돈을 거절한 이들이 있었기 때문이다. 한규설, 유길준, 민영달, 윤용구, 조경호, 홍순형, 그리고 조정구와 김석진이 그들이었다.

1905년에 참정대신(훗날의 총리대신과 비슷한 직책)을 맡고 있던 한규설은 을사조약 체결에 끝까지 반대하다가 일본군에 의해 끌려 나가 감금당하기까지 한 적이 있었다. 일본은 오히려 그렇게 일본의 지배에 반대해 온 사람을 포섭하면 그를 따르던 이들도 함께 마음을 접을 거라고 기대하며 작위와 돈으로 유혹했던 것이다. 하지만 한규설은 끝내 뜻을 꺾지 않았다. 그는 일본이 주는 모든 특권을 거부하고 모든 지위를 내던진 채 교육을 통해 민족의 잠재력을 키우는 일을 조용히 돕다가 생을 마쳤다.

개화파의 대표적인 이론가였고, 갑신정변을 주도할 때는 일본과 협력하기도 했던 유길준 역시 끝내 일본의 식민통치에 협조하기를 거부했다. 그와 함께했던 개화파 중에 많은 수가 친일파로 이어지기도 했지만, 유길준만은 자신이 주장했던 개화가 일본에게 빌붙어 호강을 누리려는 것이 아니라 진정한 민족의 발전을 위한 것이었음을 증명했던 것이다.

하지만 조금 더 안타까운 방식으로 거부의 뜻을 표현한 이들도 있었다. 명문 안동 김씨 가문 출신으로 17세에 과거에 급제해 30여 년 동안이나 관직을 지냈고, 안동 김씨 가문과는 원수지간이었던 흥선대원군이 집권했을 때도 중용되어 형조판서까지 지냈을 만큼 유능했던 김석진 같은 이가 대표적이었다. 일본의 자객이 왕궁에 난입해 왕비를 무참히 살해하는 을미사변이 일어나자 무력감을 이기지 못해 벼슬을 버리고 물러났고, 을사조약이 체결되어 외교권마저 빼앗겼을 때는 조약 체결에 참여한 대신들을 죽이고 조약의 무효를 선언해야 한다는 격정적인 상소를 올리기도 했던 사람이었다. 하지만 그럼에도 불구하고 일본이 조선귀족 명단에 올려 작위와 은사금을 내리겠다는 제안을 전해 오자 그는 극심한 수치심과 모멸감을 주체하지 못해 독약을 삼키고 스스로 목숨을 끊어버렸다.

스스로 목숨을 끊음으로써 저항하려고 했던 또 한 사람이 조정구였다. 조정구는 18세에 과거에 급제한 뒤 왕실과 조정을 오가며 요직을 두루 거쳤고, 실권자 흥선대원군의 둘째 딸과 결혼하며 고종의 매제가 되기도 했던 그는, 고종의 손과 발이 되어 여러 가지 비밀스러운 활동을 대신하기도 했다. 그런 조정구에게도 일본은 유혹의 손길을 뻗쳐왔지만, 조정구는 한일병합조서를 찢고 두 번이나 스스로 목을 찔러 자결을 시도함으로써 답했다. 심상치 않은 분위기를 느끼고 늘 가까이에서 지켜보던 가족들에 의해 자결의 뜻을 이루지는 못했지만, 조정구는 끝내 일본의 통치에 협조하지 않았을 뿐 아니라 여러 가지 방식으로 저항을 이어갔다. 예컨대 1918년에는 아들 조남익, 사돈 이회영 등과 함께 은밀하게 고종을 중국으로 망명시켜 독립운동의 구심점으로 삼으려는 시도를 벌이기도 했었다.

조정구와 함께 고종 망명계획을 추진했던 이회영도 그에 못지않은 사람이었다. 순종 황제가 나라의 주권을 일본 천황에게 넘기겠다는 발표를 하자, 이회영은 당시 우리나라 최고의 명문가로 통하던 집안의 모든 형제와 식구들을 이끌고 국경을 넘어 서간도로 망명했다. 그때 처분해서 가져간 엄청난 재산을 모두 서간도에다 한국인 마을과 학교를 세우는 데 바쳤는데, 그때 세워진 학교 중에는 훗날 우리나라 독립군 지휘자 대부분을 길러낸 신흥무관학교도 있었다. 지청천, 김경천, 이범석 같은 훌륭한 군인들을 교관으로 모셔다가 수천 명의 젊은이들을 길러냈는데, 의열단을 이끌었던 김원봉, 우리 민족을 경제적으로 수탈하는 데 앞장서던 조선식산은행과 동양척식주식회사에 폭탄을 던졌던 나석주, 그리고 곳곳에서 총을 들고 일본과 싸웠던 김산, 오광선 등 수많은 독립군 지도자들이 바로 그 신흥무관학교 출신이었다.

　하지만 그렇게 당당하게 일본에 맞선 이들의 수는 적었고, 일본이 나눠 주는 돈과 특권에 팔려간 부끄러운 이들이 훨씬 많았던 것만은 분명한 사실이었다. 나라를 망하게 한 가장 큰 책임을 져야 할 이들이 바로 그들 귀족이었고, 그

런 죄를 씻기 위해서라도 가장 앞장서서 나라를 되찾는 일
에 헌신해야 했던 것도 그들 귀족이었다. 그런데 그들이 오
히려 일본의 천황으로부터 작위와 돈을 받고 기뻐 춤을 추
었다는 소식을 들은 강우규는 역겨움을 참을 수가 없었다.
마음 같아서는 당장 서울로 달려가 그들이 벌이는 잔칫상에
똥물이라도 끼얹고 싶은 심정이었다.

6. 서울역 광장

그럼에도 불구하고 1919년 3월부터 시작된 독립선언과 만세운동에 관한 소식은 이미 환갑을 넘기며 점점 쇠잔해 가던 강우규의 몸과 마음에 새로운 힘을 불어넣었다. 서울 종로 거리 한복판에서 민족대표 33인의 이름으로 '조선은 독립국이다'라고 선언한 데 이어, 전국적으로 수백만 명의 동포가 거리로 나서서 총칼을 휘두르는 일본의 헌병에 맞서 용감하게 '독립 만세'를 외쳤다는 소식은 국경 너머에서 애를 태우던 노인의 심장에서도 불끈불끈 뜨거운 피가 용솟음치게 했다.

'내 생각이 틀리지 않았어. 우리가 반드시 독립을 되찾아야 하고, 또 그렇게 될 거라는 건 나 혼자만의 생각이 아니었어. 우리 민족은 독립을 원하고 있고, 독립된 나라를 가질 자격이 있어. 2천만 민족이 이렇게 열렬히 독립을 원하는데 누가 그걸 막을 수가 있단 말인가. 이제 곧 독립이 될 거야.'

하지만 평화롭게 독립 만세를 외치던 수많은 사람들을 향해 일본 헌병들이 무차별적인 폭력을 가했고, 수많은 사람이 죽고 다치고 잡혀가고 말았다는 소식은 또다시 강우규를 분노하게 했다. 마음 같아서는 당장 서울로 달려가 시위대의 맨 앞줄에 서서 헌병들의 총칼을 가슴으로 막아서고 싶었다. 하지만 그보다도 더 강우규를 분노하게 한 것은 대규모 시위를 막지 못한 책임을 지고 총독이 물러났는데도, 또다시 새로운 총독을 뽑아서 부임시킨다는 소식이었다. 그 소식을 들은 뒤 깊은 생각에 빠져들었고, 이제 더 이상 참을 수 없겠다는 결론을 내리게 됐다. 3·1운동을 통해 독립이라는 우리 민족의 의지를 분명히 밝혔는데도 총독부를 철거하고 스스로 물러가는 대신 새로운 총독을 보낸 것은 우리 민족을 향해 보낸, 식민통치를 강제로라도 계속 이어가겠다는 일본의 답변이었기 때문이다. 그에 대해 우리 민족 역시 또 다른 답변으로 응수하지 않는다면, 식민통치라는 굴레를 또

다시 쓰게 될 수도 있다고 생각했기 때문이다. 그래서 강우규는 젊은이들을 가르치는 것 말고도 자신이 해야 할 또 다른 일이 있다는 생각을 하게 됐다.

강우규는 러시아의 블라디보스토크로 가서 이동휘 선생의 아버지인 이승교 선생이 이끌던 '노인동맹단'에 가입했다. 그 단체는 47세가 넘은 이들에게만 회원이 될 수 있는 자격을 주고 있었는데, 회원들은 '늙고 힘없는 몸이지만 끝까지 나라에 바쳐서 자식과 젊은이들에게 빼앗긴 나라를 되찾아 주자'는 뜻으로 모인 이들이었다. 강우규가 그 단체에 가입한 것은, 자신 혼자만의 결심이 아니라 좀 더 많은 이들과 함께 거사를 치러야만 더 큰 의미가 있다고 생각했기 때문이었다.

강우규는 노인동맹단의 동지들을 설득하고 뜻을 모아 신임 총독 사이토를 처단하기로 결정했다. 그리고 직접 그들을 대표해 서울로 향했다.

강우규는 블라디보스토크에서 50루블을 주고 영국제 수류탄 한 발을 산 뒤 자신의 허벅지에 대고 붕대로 단단히 묶었다. 마치 허벅지에 큰 상처를 입어 치료를 한 것같이 꾸미기 위해서였다. 그리고 그곳을 떠나 홀로 기차를 타고 원산을 거쳐 서울로 들어왔다.

머리가 새하얀 노인이 폭탄을 숨긴 다리 위에 속옷과 바지를 입고 다시 두루마기를 입은 채 기차에 오르자 아무도 그가 일본에 커다란 위협이 될 수 있는 인물이라고는 의심할 수가 없었다. 환갑이 넘은 노인의 몸 깊숙한 곳에 무시무시한 폭탄이 숨겨져 있으리라고는 노련한 일본의 순사들도 상상할 수 없었던 것이다. 그렇게 서울로 들어온 강우규는 근처에서 머물며 기회를 살폈고, 폭탄을 던질 시간과 장소를 꼼꼼히 챙기고 익혔다.

강우규가 서울에 도착한 때는 8월 초였다. 사이토가 새로운 조선의 총독으로 임명된 날이 8월 12일이었기 때문이다. 하지만 사이토는 9월 2일이 되어서야 우리 땅으로 들어왔다. 용의주도한 성격이었던 사이토는 3·1운동과 같은 우리 민족의 저항이 다시 일어나지 않도록 막기 위한 방법을 마련한 다음에 부임하려고 마음먹었고, 그래서 여러 전문가들과 함께 20여 일 동안 열심히 연구를 한 다음에야 출발했던 것이다.

그래서 강우규가 예상했던 것보다 기다림이 길어졌다. 하지만 그는 동요하지 않고 서울역에서 멀지 않은 안국동에 거처를 정한 뒤 매일 신문을 읽고 사이토의 사진을 구해 얼굴을 익히면서 조금이라도 더 철저하게 뜻을 이루기 위한 준비를 해 나갔다. 그리고 모든 준비를 완벽히 마무리한 채 총독의 부임만을 기다렸다.

드디어 9월 2일에 사이토가 서울에 도착한다는 기사가 신문에 실렸다. 그러자 강우규는 조금 더 가까운 서울역 근처의 여인숙으로 거처를 옮긴 뒤 매일 서울역 광장에 나가 주변 지리를 눈에 익혔다. 총독이 내리면 군중들 앞에 모습을 드러낼 만한 곳은 어디쯤이며, 다시 관저로 가기 위해 마차에 오를 만한 곳은 어디쯤인지 나름대로 계산했다. 그리고 그 지점을 향해 폭탄을 던지기에 가장 적당한 곳을 고르고, 경찰들의 저지선을 뚫고 그곳으로 접근할 수 있는 방법들을 연구했던 것이다.

9월 2일 오후 5시가 조금 넘어설 무렵 사이토를 태운 특별열차가 남대문역, 지금의 서울역에 도착했다. 그리고 잠시 후 기차에서 내린 사이토가 서울역 광장으로 들어서자 미리 준비하고 있던 일본군 군악대가 연주하는 환영의 행진곡이 광장에 울려 퍼졌다.

당시 남대문역이라고 불리던 서울역은, 지금과 비교하면

아주 작고 초라한 곳이었다. 2층 건물 두 개를 잇는 1층 공간에 대합실이 있었고, 그곳을 빠져나오면 널찍한 공터가 있었다. 보통은 그곳에서 지게꾼들이나 인력거꾼들이 기다리다가 기차에서 내린 사람들과 흥정을 하곤 했다. 하지만 그날은 신임 총독이 처음 서울에 도착하는 날이었기 때문에 경찰들이 미리 깔끔하게 정리를 해 둔 터였다.

대합실 양쪽, 두 개의 2층 건물 지붕으로부터 광장 전체에 수백 장의 일장기와 만국기들을 늘어뜨려 축제 분위기를 연출하고 있었고, 수많은 사람들이 몰려들어 그 앞으로 들어서게 될 새 총독이 대대적으로 환영받는다는 기분을 느낄 수 있도록 준비되어 있었다. 맨 앞줄부터 조선군 사령관 우츠노미야 타로를 비롯한 일본군 고급 지휘관들과 일본인 고위층들, 서울에 머물던 여러 나라의 외교관들, 그리고 대한제국의 마지막 총리대신이었던 매국노 이완용을 비롯한 한국인 지도자들이 길게 늘어서 저마다 새 총독에게 얼굴을 알릴 기회를 잡으려고 애썼다. 그 외에도 서울에 머물던 일본인들, 그리고 각지에서 동원된 한국인 군중들이 광장을 가득 메워 마치 사이토가 우리 민족으로부터도 대단한 환영을 받기라도 하는 듯한 선전효과를 연출하고 있었다.

하지만 그 와중에도 군중들만큼이나 많이 배치된 경찰들은 조금이라도 행색이 초라하거나 기색이 수상한 젊은 남자들은 철저히 골라서 먼 쪽으로 내몰고 있었다. 혹시라도 총독을 위험하게 만들 수 있는 요인들을 미리 제거하기 위해 나름대로 최선의 노력을 하고 있었던 것이다. 그리고 그 틈에서 최선을 다해 깔끔하게 차려입은 노인 강우규는 조금이라도 안쪽으로 파고들기 위해 가쁜 숨을 몰아쉬고 있었다.

사이토는 그들과 간단한 인사를 나눈 뒤 연단에 올라 짧게 취임 연설을 했고, 조선의 제 3대 총독으로 부임했음을 선포했다. 그리고 다시 박수를 받으며 미리 대기하고 있던 호화로운 마차에 올라탔다. 경복궁 뒷쪽, 지금의 청와대가 있는 자리에 있던 총독 관사로 출발하기 위해서였다. 그리고 그 순간, 군중들 틈에서 조금씩 전진하던 강우규가 드디어 폭탄을 던질 수 있는 거리까지 접근하는 데 성공하고 있었다.

총독이 탄 마차가 막 출발하려는 순간이었다. 기회를 엿보던 강우규가 '바로 지금이다'라고 속으로 외쳤다. 그리고 때맞춰 풀어 두었던 바지 속 수류탄을 꺼내 들었고, 침착하게 총독이 탄 마차를 향해 던졌다. 그리고 잠시 후, 고맙게도 그 수류탄은 어마어마한 굉음을 울리며 폭발했다.

폭탄이 일으킨 자욱한 연기와 먼지가 가라앉기 시작하면서 곳곳에서 피를 흘리며 쓰러진 사람들이 눈에 들어왔다. 걱정했던 것과 달리 폭탄은 충분한 위력을 발휘하며 제대로 폭발한 것으로 보였다. 수류탄의 위력은 기대했던 것보다도 더 대단했고, 그 파편은 사방으로 날아가며 마차를 둘러싸고 있던 40여 명의 사람들을 쓰러뜨렸을 정도였다. 하지만 당연히 폭탄에 맞아 산산조각 났어야 할, 사이토 총독이 타고 있던 첫 번째 마차는 멀쩡하게 서 있었다. 그리고 그 안에 타고 있던 사이토 역시 옷이 조금 찢어지고 그을린 것을 제외하면 무사했다. 딱 한 개의 파편이 사이토를 향해 날아가긴 했지만, 그것은 그의 예복을 감싸고 있던 두꺼운 가죽 허리띠를 뚫지 못한 채 박혀 있었다. 조금만 위로 날았다면 치명상을 입힐 수도 있었을 안타까운 장면이었다.

사실 강우규가 던진 수류탄은 원래 목표했던 지점에서 조금 빗나가고 말았다. 그래서 사이토가 타고 있던 마차의 뒷쪽, 총독부에서 총독에 이어 두 번째로 높은 서열인 정무총감 미즈노 렌타로가 탄 마차의 앞쪽에서 터지고 말았던 것이다.

정확히 마차의 바닥이나 문 앞에서 터지지 못한 수류탄의 파편은 앞 마차의 짐칸과 뒷 마차를 끌던 말들에게 가로막히며 사이토와 미즈노에게 치명상을 입히지 못했다. 대신 그 마차의 양 옆쪽에서 환송하던 군인과 기자, 일본인 환영객 등 40여 명에게만 크고 작은 부상을 입히는 데 그치고 말았다. 그중 목숨을 잃은 사람은 쓰에히로라는 일본인 경찰과 아사히신문의 경성특파원이었던 다치바나라는 일본인 기자 두 사람이었다.

수류탄을 던진 직후 곧바로 침착하게 군중들 틈으로 숨어들었던 강우규는 그대로 광장을 빠져나올 때까지 뒤를 돌아보지 않고 걸었고, 광장을 벗어난 다음에는 있는 힘을 다 해 최대한 먼 곳까지 달렸다. 그래서 경찰들의 검문을 받지 않은 채 숙소까지 돌아왔고, 무사히 현장을 벗어나 탈출하는 데 성공했다. 폭탄이 던져진 곳 주변에 있던 많은 사람들이 경찰의 의심을 받고 잡혀갔지만, 강우규는 너무 나이가 많았기 때문에 의심을 피해갈 수 있었던 것이다.

그는 그 자리를 벗어난 뒤 숙소로 돌아오자마자 곧바로 가위를 들고 스스로 머리와 수염을 짧게 깎았다. 긴 머리와 수염을 깎아내자 특별한 변장을 하지 않더라도 쉽게 알아보지 못할 만큼 모습이 바뀌었다. 혹시라도 자신을 알아볼 사람이 있을 수도 있다는 생각에 먼저 행색을 바꾸었던 것이다. 그리고 사건이 진정된 다음 다시 서울역으로 가서 기차를 타고 서울을 빠져나가려고 마음을 먹었고, 조용히 짐을 챙기며 그곳을 떠나기 위한 준비를 했다.

하지만 얼마 지나지 않아 그는 자신이 사이토 총독을 죽이는 데 실패했다는 사실을 알게 되었다. 수류탄이 제대로 폭발하는 것을 확인했고, 사이토가 타고 있던 마차가 엄청난 폭음과 연기 속으로 파묻히는 것을 보면서 성공을 확신했던 그는 뒤늦게 원통해하며 땅을 쳤지만 어쩔 수 없었다. 한 걸음만이라도 더 앞으로 다가가서 수류탄을 던졌다면 어땠을까, 아니면 아예 수류탄을 들고 사이토 총독이 탄 마차까지 그대로 달려들어 함께 폭발해 버렸다면 또 어땠을까. 안타깝고 분한 마음에 그는 잠을 이룰 수가 없었다.

그래도 만약 그가 그대로 서울을 떠나 다시 북간도의 신흥촌으로 돌아왔다면, 그는 노인동맹회 동지들의 보호와 도움을 받으며 안전하게 여생을 보낼 수 있었을지도 모른다. 하지만 그는 이미 자신의 안전 따위 조금도 신경 쓰지 않는 사람이었고, 오직 뜻한 바를 어떻게든 이루고 말겠다는 열정만이 가득했다. 그는 서둘러 서울을 떠나는 대신 또 한 번 사이토를 처단할 방법을 찾으려 했다. 다시 사이토 총독이 군중들 앞에 나설 때가 언제인지 알아보려고 했고, 그때 그를 죽일 수 있는 총이나 폭탄 같은 무기를 구할 방법을 찾으며 시간을 보냈다. 하지만 그러는 동안 자신을 향해 수사망이 좁혀오고 있다는 사실을 미처 깨닫지 못했고, 결국 모든 수사력을 모아서 눈에 불을 켜고 사건을 파헤친 일본 경찰에 의해 꼬리가 잡히고 말았다.

거사를 일으킨 날로부터 보름이 지난 9월 17일, 강우규가 숨어 있던 집의 문을 열고 달려들어 총을 겨눈 것은 가네무라 경부라는 일본 고등경찰 간부였다. 그는 사실 보름 전 서울역 앞에서 행사를 호위하는 경찰들을 지휘하다가 강우규가 폭탄을 던지는 모습을 우연히 목격한 적이 있었다. 하지만 섣불리 다른 경찰들에게 그것을 말하지 않았고, 혼자 공을 세우기 위해 남몰래 추적해 온 끝에 성공을 거두게 됐던 것이다. 그런데 그 가네무라라는 이름은 얼마 전에 만든 일본식 이름일 뿐이었고, 사실 그의 진짜 이름은 김태석이었다. 바로 한국인이었다. 그는 일본에서 2년 동안 유학을 하고 돌아와 통역관으로 총독부 경찰에 들어간 뒤 수많은 독립운동가들을 직접 잡아내고 고문해서 가혹한 처벌을 받도록 만들어 공을 세웠고, 그 덕분에 꾸준히 승진을 해서 그 자리까지 올라선 인물이었다.

가네무라라고 불리고 싶었던 친일 경찰 김태석은 자신이 체포한 강우규를 직접 고문하기까지 했다. 훗날 같은 곳에서 고문을 받았던 황삼규라는 독립운동가는 '강우규 의사는 김태석에게 너무 심하게 맞아서, 마치 개처럼 혀가 쑥 빠져나온 채 쓰러져 있는 것을 보았다'고 증언한 적도 있었다. 그렇게 강우규를 잡고 괴롭히는 데 최선을 다한 덕분에 김태석은 경시라는 계급까지 승진한 뒤 관직으로 진출해 군수와 중추원참의(오늘날의 국회의원)까지 오르는 영광을 누렸다. 하지만 강우규는 재판에 넘겨져 사형을 선고받았고, 두 달 뒤에는 아무도 모르게 조용히 형장의 이슬로 사라지고 말았던 것이다.

1920년 5월 4일 〈동아일보〉에는 강우규의 아들 강중근의 이야기가 실렸다. 그는 아버지 강우규가 남긴 마지막 말을 이렇게 전했다.

"사형이 선고되자 내가 낙심할까 봐 일부러 웃으시며 '생사를 두려워하는 것은 하등배이니라. 애비가 죽는다고 조금도 상심하지 말고 잘 살아가거라' 하시면서 울지도 못하게 하셨습니다. '내가 죽더라도 육체가 죽는 것이지 영혼은 영원히 살아 있을 것이다' 하면서 아무렇지도 않아 하셨습니다."

7. 끝나지 않은 3월 1일

"선생님. 강우규라는 사람에 대해 들어보셨습니까?"

"신임 총독에게 폭탄을 던졌다는 노인 말이구나."

"예. 선생님도 알고 계셨습니까?"

"제자 하나가 알려주더구나."

1년쯤 지난 뒤였다. 강우규에 관한 소식은 비록 느리긴 했지만 조금씩 알려졌다. 우의는 가장 먼저 그 사건에 대해 알게 된 편이었지만, 함께 공부하는 다른 선배와 동기들 중에도 이젠 모르는 사람이 없게 되었다. 의병이었던 김복한 선비의 가르침과 전통을 이어가려는 이들이 공부하던 '오치서숙'에서도 강우규 사건은 중요한 관심사일 수밖에 없었다. 어느 날 수업 중에 한 선배가 그 이야기를 꺼냈다.

"선생님은 어떻게 생각하십니까? 총독에게 폭탄을 던져 죽이는 것이 독립에 도움이 되겠습니까?"

뜻밖에도 그 질문을 꺼낸 선배는, 강우규에 대해 조금 비판적인 생각을 가진 듯했다. 성주록 선생도 조금 의아하다는 듯 되물었다.

"너는 도움이 되지 않을 거라고 생각하느냐?"

"그렇습니다. 총독 한 명을 죽여 봐야 일본의 왕이 자기 신하들 중에서 다시 한 명을 뽑아서 보내면 될 일이 아니겠습니까? 총독 한 명이 죽는다고 해서 일본이 겁을 먹고 군대를 거두어 갈 것도 아니고, 우리나라를 되돌려 줄 것도 아니라고 생각합니다. 성공하면 일단 속이야 시원하겠지만, 오히려 우리나라에 대한 일본 군대와 경찰들의 감시와 보복만 심해질 수도 있다고 생각합니다. 저는 그렇게 얻어지는 건 적고 잃는 것이 더 많은 위험한 행동을 하기보다는, 열심히 배우고 젊은이들을 가르쳐 힘을 기르면서 훗날을 도모하는 것이 낫다고 생각합니다."

우의가 평소에 존경하고 따르던 선배였다. 하지만 그 선배의 입에서 나온 그런 뜻밖의 이야기를 듣자 우의의 가슴 깊숙한 곳에서 울컥 뜨거운 것이 치밀어 오르는 것 같았다. 그리고 곧장 뭔가 말을 꺼내서 맞서고 싶었지만, 무슨 말부터 꺼내 어떻게 풀어놓아야 할지 실마리가 잡히지 않았다. 답답해서 가슴이 터져나갈 것 같은 심정이었다. 자신의 목숨을 바쳐가면서까지 일본의 식민지배에 맞서 싸운 노인의 행동을 어리석다고 깎아내리다니. 마음 같아서는 멱살이라도 잡고 싸우고 싶을 지경이었다. 하지만 그보다 앞서 선생님이 입을 열었다.

"너의 말도 일리는 있다. 새로 부임하는 총독 하나를 죽인다고 해서 나라를 찾을 수 있는 것도 아니고, 오히려 일본을 자극해서 엉뚱한 피해자들이 생겨날 수도 있다. 그래서 오히려 독립을 위한 또 다른 중요한 계획들이 어려워지게 만들 수도 있다. 또 멀리 내다보면서 젊은이들을 가르치고, 천천히 힘을 기르는 것만이 나라를 되찾을 수 있는 가장 좋고 확실한 방법이라는 말도 옳다."

선생님마저 그 선배의 생각이 옳다고 이야기하자 우의의 가슴은 더욱 뜨거워졌다. 그리고 그것이 슬금슬금 위로 올라와 얼굴빛마저 붉게 물들이고 있었다. 하지만 선생님의 말씀은 그것으로 끝난 것이 아니었다.

"하지만 네가 미처 생각하지 못한 것이 있다. 아무리 공부를 많이 하고 아무리 실력을 기르더라도, 반드시 싸워서 나라를 되찾겠다는 결심을 세우고 지키지 않는다면 아무 소용이 없다는 점이다."

서당 안은 잠시 조용해졌다. 역시 선생님의 생각은 처음 질문을 한 선배와 같지는 않은 것 같았다. 우의도 선생님의 입에서 어떤 가르침이 이어질지 궁금한 마음에 선배를 향한 서운함도 잠시 잊고 있었다.

"보거라. 기미년(1919년) 3월에 온 민족이 독립 만세를 외친 뒤 곳곳에서 일본에 맞서 독립을 외치거나 독립을 요구하며 일본과 싸우는 사람들이 나타났다. 하지만 우리에게는 아무 소식도 전해지지 않는다. 그저 가끔 소문으로나 들을 뿐, 어디서 누가 어떻게 일본과 싸우고 있는지 우리는 통 모르고 있지 않느냐? 총독부와 경찰들이 절대 그런 소식들은 사람들에게 알려지지 못하도록 막고 있기 때문이다. 하지만 강우규라는 사람이 신임 총독에게 폭탄을 던졌다는 소식은 우리가 모두 이미 알고 있다. 총독부가 미처 막을 수 없는 큰 일을 벌였기 때문이다. 우의야. 너는 그 소식을 접했을 때 어떤 생각이 들었느냐?"

성주록 선생은 질문을 꺼낸 선배 대신 우의에게 질문을 던졌다. 우의는 선생님이 자신의 조급한 마음과 섣부른 흥분 때문에 울그락불그락하던 표정을 혹시 살피신 것이 아닌가 싶어 조금 당황했다. 하지만 곧 목소리를 가다듬고 또박또박 답했다.

"예. 한편으로는 여전히 우리 민족이 일본에 맞서 싸우고 있다는 것을 알게 되어 기뻤고, 다른 한편으로는 환갑이 지난 노인이 저렇게 목숨을 바치는데 나는 하는 일이 아무것도 없다는 생각에 부끄러웠습니다."

성주록 선생이 고개를 끄덕이며 다시 입을 열었다.

"그래, 그랬을 것이다. 우리 서당의 막내인 우의도 이런 생각을 했다. 나도 그랬다. 혹시 우의와 다른 생각을 한 사람이 있느냐?"

서당 안에서 아무도 입을 여는 사람이 없었다. 소식을 접하고 한편으로는 기쁘고 한편으로는 부끄러웠던 것은, 모든 학생들의 공통된 마음이었던 것이다.

"바로 그것이다. 강우규 선생의 거사는 그 소식을 들은 수많은 사람들의 마음속에도 끝까지 싸우겠다는 의지를 세워준 것이다. 너희 중에는 그 거사에 관한 소식을 〈개벽〉이라는 잡지를 읽어서 알게 된 이도 있을 테고, 또 다른 신문을 보고 아는 이도 있겠지만, 그저 소문을 들어 아는 이도 있을게다. 그래서 또 앞으로 며칠이 지나고 몇 달이 지나면 아마도 우리 이천만 동포 모두가 그 소식을 알게 될 것이다. 그러면 이제 곧 이천만 동포 모두의 가슴속에 끝까지 일본과 맞서 싸워서 나라를 되찾겠다는 뜻이 세워질 텐데, 그것이 어떻게 의미가 없는 일일 수 있겠느냐?"

성주록 선생님의 말씀이 끝나자 서당에 다시 침묵이 이어졌다. 다른 의견을 말하는 이도 없었고 새로운 질문을 꺼내는 이도 없었다. 잠깐이지만 아무도 말을 하지 않는 조용한 시간이 숙연해진 분위기 속으로 가만히 흘러들어갔다. 그리고 이번에는 맨 처음 질문을 했던 선배의 얼굴이 붉게 물들었다.

나이도 한참이나 어린 후배와 비교당하며 선생님으로부터 망신을 당했다는 생각에 분해서 그런 것이 아니었다. 그저 그는 자신의 생각이 짧았음이 부끄러웠고, 그것을 깨우쳐 준 선생님과 어린 후배에게 고마운 마음이 들었다. 그리고 잠시나마 자기 생각에 취해 한 노인의 목숨을 건 의거를 깎아내렸던 것이 미안했다. 그건 물론 그 선배만의 마음이 아니었다. 우의를 비롯한 오치서숙 모든 학생들의 가슴이 뜨겁게 달아올랐다.

우의는 촉촉하게 젖어드는 눈가를 남몰래 옷소매로 닦아냈다. 선생님이 자신의 마음을 알아주시는 것이 기뻤고, 그동안 남몰래 품고 있던 기쁘고 부끄러운 마음이 자신만의 것이 아니었다는 사실을 알게 된 것도 가슴을 벅차게 했다.

그 뒤로 우의는 더욱 부지런히 면사무소와 읍내 서점과 우체국을 들락거리며 신문과 잡지를 모아 읽었다. 이젠 강우규뿐만 아니라 나라 안팎 곳곳에서 독립을 위해 싸우는 이들의 소식을 하나라도 더 알기 위해서였다.

사실 우의는 3·1운동이란 이미 지나가 버린 사건이라고만 생각하고 있었다. 1919년 3월 1일에 독립을 선언한 뒤로 두어 달 동안 수많은 사람들이 거리로 쏟아져 나와 '독립 만세'를 외쳤지만, 결국 일본 헌병들의 총칼에 모두 짓밟히고 죽거나 잡혀가면서 끝나버린 분한 일이라고만 생각했던 것이다. 하지만 3·1운동의 의미를 잃지 않기 위해 폭탄을 자신의 생명과 함께 던졌던 강우규, 그리고 그 외에도 쉬지 않고 나라 안팎 곳곳에서 일본과 맞서 싸운 수많은 사람들에 대해 알게 되면서 그것이 얼마나 짧은 생각이었는지 스스로 깨달을 수 있었다.

물론 신문과 잡지에는 독립운동에 관한 소식들이 거의 실리지 않았다. 그것이 한국인들에게 용기와 희망을 주고, 또 열정을 되살리게 될까 봐 두려워한 총독부와 경찰이 꼼꼼하게 검열을 해서 모두 지워 버렸기 때문이다. 하지만 '불온'하거나 '불순'한 조선인들을 잡아서 처형했다거나 감옥에 가두었다는 소식은 거의 하루도 빠짐없이 보도되고 있었다. 일본의 입장에서 불온하고 불순한 조선인이란 대개 식민지배에 저항하고 독립을 요구하는 이들이라는 것은 조금만 생각을 해 보면 충분히 알 수 있는 일이었다. 여전히 동포들은 싸우고 있었고, 3·1운동은 끝난 것이 아니었다.

'적어도 독립을 선언한 1919년 3월 1일부터는, 우리는 일본인이 아니다. 우리는 이미 그날부터 독립된 나라의 백성이다. 다만 힘이 부족해서 일본에게 억눌려 있을 뿐이다. 우리 민족은 그날부터 끊임없이 짓밟히면서도 싸우고 있고, 강우규 선생의 의거는 그런 사실을 세상에 알린 사건이었다.'

여기에 생각이 이르자 우의의 복잡했던 마음은 한결 밝아졌다. 이제 자신이 놓인 상황도, 그 상황에서 자신이 해야 할 일도 분명해졌다고 느꼈기 때문이다.

8. 대한민국

1921년 5월에 접어든 어느 날, 우의는 늘 그랬듯 손꼽아 기다리던 날짜에 맞춰 읍내 서점에 나갔고, 그곳 주인이 따로 챙겨 둔 〈개벽〉 한 권을 사들고 5리 길을 단숨에 달려 들어와서는 방에 틀어박혔다. 점점 더 몸과 마음이 자랄수록 고향 덕산 마을은 좁게만 느껴졌고, 그나마 〈개벽〉은 그 답답한 틀을 벗어나 새로운 것을 보고 듣고 상상하게 하는 마음의 창이 되어 주었다. 아마 그래서 우의는 더욱 〈개벽〉에 빠져들었던 것인지도 모른다.

우의는 이미 집으로 걸어오는 길에서 목차를 훑어보며 먼저 읽을 것들을 골라 두었고, 방에 들어앉자마자 그 책 속으로 몰입해 들어갔다. 보통 하루를 넘기기 전에 그 안에 들어 있는 기사는 모두 읽어 버리곤 하지만, 다음 달에 새로운 호가 나오기 전까지 읽고 또 읽기를 거듭하다 보면 책은 어느새 너덜너덜해지곤 했다. 그러다 보면 앞에 실린 글과 뒤에 실린 글, 중요하게 다뤄진 내용과 사소한 내용들의 차이가 없이 모두 우의의 머릿속으로 빨려 들어오곤 했다. 그리고 그만큼 그 안에 들어 있던 기사의 줄기와 잔가지들뿐 아니라 행간에 숨어 보일락 말락 하던 암시와 사소한 분위기마저 다시 훑고 곱씹는 것이 우의의 일상이었다.

그리고 그달 치 〈개벽〉에서도 우의의 심상치 않은 시선을 끄는 기사가 하나 있었다. 내용은 이런 것이었다.

"총독부 사무관 모 씨는 '조선의 실상은 낙관하기 어렵다'면서 이렇게 말했다. '지금 조선은 조용한 것처럼 보이지만 그래도 낙관하기는 어렵다. 일전에 어떤 자들이 폭탄을 던지기도 하고 사람을 죽이기도 하며 임시정부라는 것을 만들기도 했지만 모두 실패했고 그 목적을 이루지 못했기 때문에, 때를 기다리자는 생각을 하는 이들이 늘어났을 뿐, 그들의 머릿속에 새겨진 독립 사상 자체가 사라진 것은 아니다'."
(〈개벽〉 제 11호. 1921년 5월 1일 발간)

간단히 말하자면, 총독부의 관리가 '조선 사람들이 아직 독립 사상을 버린 것이 아니기 때문에 안심할 수 없다'고 말했다는 내용의 기사였다. 물론 〈개벽〉은 만든 사람과 읽는 사람 대부분이 우리나라의 독립을 원하고 있었을 잡지였다. 조선 사람들이 독립 정신을 버리지 않은 것을 걱정하는 글을 기사로 실었을 리는 없었다. 그런데도 〈개벽〉이 그런 기사를 쓴 이유는, 그것이 정말 걱정이 돼서가 아니라 오히려 기뻐서였을 것이다. 독자들에게 '일본인들도 우리의 독립 정신과 의지를 두려워하고 있다'는 희망적인 소식을 전하고 싶어서였을 것이다.

그런데 그보다도 우의의 눈길을 끄는 것은 따로 있었다. 바로 그 기사 속에 들어 있던 '임시정부'라는 단어였다.

"폭탄을 던진 자라는 것은 강우규 선생님을 가리키는 말일 테고, 사람을 죽인 자라는 것은 안중근 선생 같은 분들을 가리키는 말일 것이다. 그런데 '임시정부'라는 건 도대체 뭘까?"

우의는 또다시 신문들을 뒤적이기 시작했다. 물론 임시정부의 활동에 대해 알려주는 기사들은 찾기 어려웠다. 하지만 임시정부(그때는 '가정부假政府'라고 불렸다)에서 필요한 자금을 구해 전달하려다가 체포된 이들에 관한 기사나 임시정부 활동이 불법이고 협조해서는 안 된다는 일본 경찰 간부들의 명령에 관한 기사 같은 것들이 간혹 눈에 띄었다. 비록 영토를 강제로 빼앗기고 국민들과 직접 접촉할 수 없기에 먼 중국 땅에 세워진 것이긴 했지만, 우리 민족을 대표하는 정부가 분명히 있었던 것이다.

임시정부가 세워진 해는 1919년이었다. 그해 3월 1일 서울 한복판에서 독립선언문이 낭독되자 곧 전국 곳곳에서 수백만 명이 거리로 쏟아져 나와 총칼을 마구 휘두르는 일본 헌병들에게도 굴하지 않고 독립 만세를 외쳤고, 그것으로써 이제 우리 민족이 원하는 것이 무엇인지는 너무나 분명해졌다. 우리 민족이 원하는 것은 일본의 보호나 가르침이나 통치 따위가 아니며, 오직 독립된 나라를 세워서 자신의 일은 스스로 결정해 나가기를 원한다는 것이 온 세상에 확실하게 드러나게 되었다. 비록 일본이 총칼의 힘을 앞세워 우리 땅을 차지하고 자기들 마음대로 사람들을 괴롭히고 있긴 하지만, 우리가 그것을 인정하지 않고 스스로 독립했음을 선언했기 때문에 독립된 나라를 대표할 정부를 만들어야만 하게 됐던 것이다. 그러지 않는다면 '독립선언'은 그냥 말뿐인 것이 되어 버릴 수도 있는 것이기 때문이었다.

1919년 4월 10일, 일찍부터 나라 밖으로 나가 독립운동을 벌여온 지도자들 29명이 중국의 상하이에 모여 '임시의정원'이라는 모임을 만들었다. 그들은 그곳에서 정부를 세우기 위한 방법과 절차들에 관해 의논했고, 하루 뒤인 4월 11일에 새로운 헌법을 만든 다음 '정부수립기념식'을 거행했다. 새 나라의 이름은 '대한민국'으로 결정되었고, 신분의 차별 없이 모든 국민이 직접 정치에 참여해서 중요한 결정을 내리며, 입법 행정 사법의 3권이 분립되어 균형을 이루는 민주공화제 헌법이 선포되었다.

일본에게 주권을 빼앗길 당시에 우리나라의 이름은 '대한제국'이었다. 원래 '조선'이라는 이름으로 500년 이상 이어온 나라였지만 1897년에 고종이 중국의 간섭으로부터 벗어나 더욱 주체적인 나라를 만들겠다는 뜻으로 '대한제국'으로 이름을 바꾸었기 때문이다. 하지만 사람들은 여전히 '조선'이라는 이름을 더 친숙하게 생각했고, 스스로 '대한제국 사람'이라기보다는 '조선 사람'이라고 생각하는 경우가 많았

다. 사실 '대한제국'이라는 이름을 기억하는 사람들이 많지 않았던 것은, 그 이름으로 불리던 시절의 나라에 대해 별로 자랑스러운 마음을 가지기 어려웠기 때문이기도 했다.

'제국'으로 이름을 바꾸고 왕을 '황제'라고 높여 부른다고 해서 나라의 위상이 올라가는 것도 아니었다. 더욱이 '청나라로부터의 독립'을 선언하긴 했지만 그때부터 오히려 일본의 간섭이 더욱 심해졌기 때문에 진정한 독립을 이룬 것도 아니었다. 오히려 대한제국이라는 이름으로 불리던 시기에 열강들의 침략 경쟁은 가장 심했고, 그 와중에 죽거나 다친 사람들도 가장 많았다. 그래서 3·1운동 때 뿌려진 독립선언문도 '우리 조선의 독립국임과'라는 구절로 시작했던 것이며, 거리에서도 일본으로부터 빼앗긴 나라를 되찾자는 뜻에서 '대한 독립 만세'라고 외치는 사람들도 있었지만, 더 많은 사람들은 '조선 독립 만세'를 외치기도 했던 것이다.

어쨌거나 언젠가 일본으로부터 되찾을 나라를 또다시 '조선왕국'이나 '대한제국'으로 부를 수는 없었다. 그것은 이미 3·1운동 때 거리로 나선 사람들 대부분의 생각이 같았다. 조선은 왕이 다스리는 나라였고 대한제국은 황제가 다스리는 나라였는데, 결국 그 나라를 일본에게 빼앗긴 가장 큰 책임은 왕 또는 황제에게 있었기 때문이다. 특히 대한제국으로 나라 이름을 바꾸었던 고종과 그 왕비인 민비는 자신들의 권력을 지키기 위해 끊임없이 외국 군대를 끌어들여 백성들의 불만을 억누를 궁리만 했고, 결국 동학농민군을 비롯한 수많은 백성들을 죽음에 이르게 했을 뿐만 아니라 그 틈에 우리 땅으로 파고 든 일본군에게 결국 황제의 자리와 나라의 주권마저 내주고 말았기 때문이다.

그리고 그런 경험을 통해서 우리 민족 대부분은 더 이상 한 사람의 왕에게 모든 권력을 맡기는 방식으로는 도저히 나라를 지켜 나갈 수도 없고, 다수의 국민들이 행복해질 수도 없다는 사실을 깨달았다. 우의의 어머니가 말했듯이, 왕국이나 제국은 훌륭하고 어진 임금이 다스릴 때는 부강하고 평안할 수 있지만 그렇지 못한 임금에게 맡겨질 때는 수많은 사람들이 불행해질 수밖에 없다는 결정적인 단점을 가지고 있었던 것이다.

나라를 빼앗기고도 일본이 쥐여 준 몇 푼의 돈과 귀족 작위에 기뻐 춤춘 이가 왕족과 귀족들이었다면, 그 나라를 되찾기 위해 거리로 나서 피를 흘린 이는 그저 평범하고 가난한 사람들이었다. 3·1운동 당시에 거리에서 독립 만세를 외친 이는 양반과 선비들보다도 훨씬 많은 평민들이었고 심지어는 오랜 세월 동안 천대받고 박해받던 기생 같은 천민들이었다. 그들은 그렇게 되찾은 나라를 또다시 몇몇 왕족과 귀족의 손에 맡기기를 원하지 않았다. 그들은 스스로 주인이 되어 나라를 이끌어 가야겠다고 마음먹고 있었고, 그 뜻을 받들어 상하이에 모인 지도자들은 '민주공화제'라는 원칙을 분명히 했던 것이다.

'대한민국'이라는 우리나라의 이름은 그렇게 만들어졌다. 나라를 빼앗길 때의 나라 이름인 '대한제국'에서 우리 민족을 가리키는 '대한'이라는 이름은 이어받되 '황제가 다스리는 나라'라는 뜻의 '제국'을 지워버리고, '국민들이 스스로 다스리는 민주공화국'이라는 뜻의 '민국'이라는 단어를 붙여 넣은 것이다. 지금 우리가 사용하는 '대한민국'이라는 이름 속에는 그렇게 나라를 잃고, 독립을 선언하고, 그것을 실제로 이루기 위해 수많은 사람들이 피를 흘려가며 싸우는 과정에서 얻은 아픈 깨달음이 녹아들어 있다.

그런 임시정부가 이미 세워져서 활동하고 있었다는 사실을 우의는 2년이나 지난 뒤에야 비로소 알게 되었다. 그리고 그날부터 임시정부가 있다는 중국의 상하이라는 도시가 우의의 마음속에 큼직하게 자리 잡게 됐다. 그것은 민족의 독립이라는 꿈을 품고 키워가던 소년 우의에게 듬직한 마음의 언덕이 되었을 뿐 아니라, 민족의 독립을 이루기 위해 해야 할 일을 찾고 있던 우의가 언젠가 가야만 할 목표가 되었다.

9. 봉오동과 청산리

1919년 3월 1일의 독립선언과 만세 운동은 온 세상을 깜짝 놀라게 했다. 사실 그 이전까지 유럽을 비롯한 세계 여러 나라의 사람들 중에는 일본에 대해 호감을 가진 경우가 많았다. 서양의 근대 산업문명을 받아들인 지 불과 30여 년 만에 산업화에 성공한 일본은 '아시아의 모범생'이라고 불리고 있었고, 도저히 상대가 되지 않을 거라는 예상과 달리 청나라나 러시아 같은 주변의 큰 나라들과 전쟁을 벌여 승리한 뒤에는 '짧은 시간 안에 약소국에서 강대국으로 성장한 유일한 나라'라는 평가마저 받고 있었다.

특히 바로 몇십 년 전까지만 해도 미국에 의해 강제로 개항을 당한 약한 나라였다는 점 때문에 일본에게 엉뚱한 환상을 품는 사람들이 적지 않았다. 약소국의 설움을 잘 아는 나라이기 때문에, 주변의 힘없는 나라들을 잘 도와줄 거라는 생각들이 널리 퍼져 있었던 것이다. 그리고 아시아 국가인 일본이 서양 열강들의 침략을 받고 있던 다른 아시아 국가들의 어려운 사정을 잘 이해하고 도와줄 거라고 생각하는 이들도 많았다. 서양 나라들의 힘에 눌려 침략을 당하고 지배를 당하던 아시아의 많은 나라들은 일본을 보면서 희망을 얻기도 했고, 더러는 일본의 도움을 받아 독립을 이룰 수도 있을 거라는 생각을 하기도 했다. 예컨대 영국의 식민 통치를 받고 있던 인도의 민족지도자 자와할랄 네루 같은 사람도 감옥에 갇혀 있던 시절 딸에게 쓴 편지에서, 같은 아시아의 나라인 일본이 유럽 국가인 러시아와 싸워서 승리하는 것을 보면서 큰 희망을 얻었다고 말하기도 했을 정도였다.

그러니 더 멀리 있던 유럽이나 미국 사람들 중에는 일본이 그동안 청나라의 지배를 받던 이웃 나라 조선을 독립시키고, 또한 러시아 같은 서양 강대국들로부터도 보호하면서 자신들이 경험한 산업화의 경험을 전해 주고 있다고 믿는 경우가 많았던 것은 어쩌면 당연한 일일 수도 있었다. 특히 을사조약을 통해 외교권을 빼앗아 간 일본이 국제무대에서 그렇게 선전해 왔을 뿐만 아니라, 정치적 목적을 위해 일본과 동맹을 맺었거나 아시아와 아프리카의 여러 나라들을 침략해서 식민지로 지배하고 있던 대부분의 서양 나라 정부들도 그런 일본의 선전을 굳이 반박하지 않았기 때문이기도 했다.

하지만 수백만의 시민들이 거리로 나서서 독립 만세를 외치다가 일본 경찰들의 총칼에 피를 흘렸다는 소식들은 일본의 끈질긴 감시와 방해에도 불구하고 양심적인 기자들과 외국인들의 손에 의해 널리 알려졌다. 그리고 그렇게 전해진 조선의 실상은 그동안 일본이 해 왔던 선전들이 모두 거짓이었음을 너무나 분명하게 드러내 버렸던 것이다.

물론 그보다도 더 놀란 것은 바로 일본인들이었다. 일본은 수천 년의 역사를 이어오는 동안 힘없는 백성들이 권력과 무력을 가진 지배자들에게 맞서 용감하게 자신들이 원하는 것을 요구해 본 적이 단 한 번도 없었기 때문이다. 일본은 늘 무사들의 싸움과 타협을 통해서만 문제를 해결해 온 나라였고, 힘없는 농민이 칼을 든 무사들을 상대로 저항한다는 것은 일본인들로서는 상상하기 힘든 일이었기 때문이다.

물론 조선의 임금 고종이 백성들의 저항을 억누르기 위해 외국 군대를 불러들이던 1893년, 일본군이 우리 땅에 처음

발을 들였을 때 마주했던 동학농민군들의 항전이나 그 뒤로도 늘 그들을 괴롭혔던 의병들의 항쟁도 놀랍고 신기한 일이긴 했다. 하지만 그때는 그나마 화승총이나 죽창, 아니면 낫이나 몽둥이라도 들고 덤비는 경우였지만 1919년 3월에는 그저 맨손에 태극기를 쥐거나, 혹은 그마저도 없으면 보자기나 옷가지를 흔들며 밀려오는 완전한 무방비의 사람들일 뿐이었다. 그나마 건장한 남자 어른들만이 아니라 머리가 하얀 노인과 여자들, 심지어 어린 학생들까지 가릴 것 없이 나선 평범한 사람들의 물결이었다. 〈개벽〉에서 소개했던 어느 총독부 관리의 말처럼, 일본 헌병들이 가진 총과 칼이면 얼마든지 짓밟을 수 있는 허약한 사람들을 상대하면서도 그들이 마음을 놓을 수 없었던 것은 바로 그런 이해할 수 없는 용기와 힘을 우리 민족이 보여 주었기 때문이었다.

하지만 그 못지않게 놀란 것이 바로 우리 민족 자신이기도 했다. 늘 나약하고 비겁하고 이기적이라고만 생각했던 자신과 이웃들이 어느 순간 그렇게 용감하게 나서서 뭉칠 수 있다는 사실에 놀랐고, 그렇게 뭉쳐서 외친 목소리가 온 세상에 메아리칠 수 있다는 사실에 또한 놀랐다. 그래서 3·1운동은 오랜 세월을 외세의 침략과 식민 통치에 시달려 온 우리 민족이 자신감을 되찾고, 서로에 대한 존중의 마음을 가질 수 있게 해 준 계기였다.

두 달 정도 시간이 흐르고, 4월 말쯤을 지난 뒤에는 더 이상 만세 시위는 일어나지 않게 됐다. 아무런 무기도 가지지 않은 시민들을 향해 마구 총칼을 휘두른 일본 헌병들의 폭력에 짓밟히면서 두 달여 만에 만세 시위는 거의 진압되어 버리고 말았다. 하지만 우리 민족의 독립운동은 그때부터 본격적으로 시작되었다. 상하이에 임시정부가 수립되어 '대한민국'이라는 새 나라의 이름과 모습이 정해졌고, 많은 뜻 있는 사람들이 임시정부를 비롯한 독립운동 단체를 향해 밀려들었다.

특히 피가 끓는 수천 명의 젊은이들이 국경을 넘어 중국 땅으로 건너가 독립군 부대에 들어갔고, 직접 갈 수 없는 사람들은 끼니를 거르고 집에 불을 한 번 덜 때며 마련한 푼돈이라도 모아서 보내곤 했다. 원래 수십 명에서 백여 명 정도로 시작했던 독립군 부대들은 순식간에 천 명이 넘는 규모로 불어났고, 풍부해진 자금으로 신식 무기를 사들이면서 전투력도 훨씬 강해졌다. 바로 그렇게 3·1운동 직후 빠르게 성장한 독립군 부대들의 힘을 보여 준 사건이 바로 봉오동 전투와 청산리 전투였다.

　봉오동 전투와 청산리 전투는 3·1운동 이후 만주로 결집되기 시작한 독립군의 힘과 호시탐탐 만주로 침략할 기회를 엿보던 일본군의 야심이 처음으로 맞부딪친 사건이었다. 그래서 그 계기는 사소했지만 결코 피해갈 수 없는 운명적인 것이기도 했다.

　간도 지역에서 수십 명 정도가 활동하던 '신민단'이라는 작은 독립군 부대가 있었다. 그런데 1920년 6월에 그 부대가 우리나라 안으로 들어와서 일본의 경찰서와 군부대를 기습 공격하는 작전을 벌였는데, 두만강을 건너서 들어오려다가 그만 일본군에 발각되어 추격을 당하기 시작했다. 그런데 신민단은 도망을 치면서도 침착하게 반격을 준비했지만, 상대의 수가 적다는 점 때문에 방심한 일본군들은 아무런 경계 없이 무작정 추격하는 데만 정신이 팔려 있었다. 그래서 두만강을 건너 중국 영토인 간도 지역으로까지 넘어와서 추격을 하던 일본군이 오히려 도망치던 신민단 독립군들의 기습 공격을 받아 몇 명이 전사하게 됐는데, 그것이 엄청난 규모의 전투로 발전하는 계기가 됐다.

깔보던 독립군에게 오히려 공격을 당해 병사를 잃게 되자 일본군은 대대적인 보복 작전을 하기로 결정했다. 그리고 일찍부터 간도 일대로 건너와서 마을을 이루어 살고 있던 한국인들을 닥치는 대로 학살하고 마을에 불을 지르는 한편, 1개 대대 규모의 지원 병력을 보내 독립군들을 모조리 잡아 죽이겠다는 대규모 토벌로 전환시켰다. 일본 입장에서는 국경 밖에서 활동하는 독립군들을 소탕하려는 마음을 어차피 먹고 있었고, 만주 일대로까지 영향력을 확장하기 위해 언젠가는 중국과도 충돌할 수밖에 없다고 생각하고 있었기 때문이다. 몇 명의 병사가 독립군의 공격을 받아 전사한 것을 핑계 삼아 간도 지방의 독립군과 그 바탕이 되는 한국인 마을들의 뿌리를 뽑겠다고 마음먹었던 것이다.

그렇게 갑자기, 예상했던 것보다 훨씬 큰 규모의 토벌대가 국경 너머로까지 밀려오자 신민단을 비롯하여 그 일대에서 활동하던 다른 독립군 부대들도 가만히 있을 수가 없게 되어 버렸다. 그래서 그곳에서 활약하던 독립군 중에서 규모가 가장 컸던 홍범도 부대와 김좌진 부대를 중심으로 모여 대책을 세워야만 했다. 그렇게 서로 긴밀하게 연락하고 의논하며 가장 효율적인 반격을 준비한 끝에 얻은 성과가 바로 두 차례 전투에서의 승전이었던 것이다.

가장 먼저 일본군을 상대한 것은 홍범도 부대였다. 그런데 그 부대를 이끄는 홍범도는 독립군 전체를 통해서 가장 경험이 많고 작전 능력도 뛰어난 사람이었다. 그리고 그를 따르는 부대원들도 가장 잘 훈련되고 사격술도 뛰어난 이들이었다. 홍범도는 함경도 지방의 유명한 사냥꾼이었던 젊은 시절부터 산을 타고 총을 쏘는 일에 익숙했을 뿐 아니라 이미 나라를 빼앗기기 몇 년 전부터 함경도 산속에서 의병 활동을 벌였을 정도로 경험이 풍부했다. 그리고 그 부대원들 중에도 그런 홍범도와 오랜 세월을 동고동락하며 함께 싸운 이들이 많았다. 홍범도는 적은 수의 독립군이 많은 수의 일본군을 물리칠 수 있는 가장 좋은 장소를 택했다. 그곳은 바로 북간도 지역에서 골짜기 형태의 진입로를 따라 안쪽으로 한참 들어간 곳에 형성된 분지 형태의 마을인 봉오동이었다. 그곳을 반격 작전의 무대로 삼기로 한 홍범도는 부대를 4개 중대로 나누어 마을로 진입하는 골짜기와 마을을 둘러싼 산허리 곳곳에 배치해 매복시켜 놓고 기다렸다. 그리고 소규모 부대를 내보내 기습을 한 다음 재빨리 도망치며 일본군을 끌어들였다.

물론 일본군도 바보는 아니었다. 사실 압록강과 두만강 접경 지역은 일본군의 입장에서도 대륙 침략을 위해 가장 빠르게 돌파해야 할 최전방이었다. 그래서 그곳에 배치한 부대들은 일본군 전체에서 가장 잘 훈련되고 가장 좋은 무기를 가지고 있었으며, 그들을 이끄는 지휘관도 가장 유능한 이들이었다. 특히 얼마 전 몇십 명밖에 되지 않던 신민단을 추격하다가 타격을 입었던 경험을 떠올리면서, 일본군들은 최대한 조심스럽게 접근해 왔다. 도망치는 독립군들을 추격하면서도 본대가 움직이기 전에는 반드시 정찰대를 먼저 보내 매복한 병력이 있는지 살피게 했고, 본대가 도착했을 때는 다시 한 번 매복이 의심되는 지점에 박격포나 기관총을 마구 쏘아대는 '암탐사격'을 벌이기도 했다. 그런 공격을 받으면, 숨어 있던 적들이 위치가 탄로 난 줄 알고 총을 쏘며 반격을 하기도 하고, 때로는 겁을 먹고 달아나느라 자연스레 위치가 드러나게 되기 때문이었다.

하지만 봉오동의 독립군들은 노련한 홍범도의 지휘에 따라 이미 그런 일본군의 행동을 예상하고 있었을 뿐 아니라 오랜 시간 함께하면서 만들어진 단단한 규율을 유지하고 있었다. 그래서 일본군의 암탐사격이 시작되어 귓가로 총알과 파편이 스치고 때로는 맞아서 피를 흘리면서도 끝까지 움직이거나 소리를 내지도 않고 단 한 발의 대응사격도 하지 않은 채 끝까지 매복을 유지했다. 그러한 고된 매복과 유인의 과정이 있었기 때문에 일본군도 별다른 의심 없이 가장 깊숙한 곳까지 따라 들어올 수밖에 없었던 것이다.

결국 500여 명에 달하던 일본군은 매복 지점으로 들어서고 말았고, 그 순간 홍범도의 사격 명령이 벼락같이 내려졌다. 일본군 모두를 내려다볼 수 있는 가장 유리한 지점에 숨어 있던 독립군들은 일시에 집중사격을 가했고, 일본군은 최대한 몸을 낮춘 채 들어왔던 길로 다시 빠져나가는 수밖에 없었다. 그 전투에서 홍범도 부대는 거의 피해를 입지 않으면서도 불과 몇 시간 만에 수십 명의 일본군을 사살하고 격퇴시키는 성과를 거둘 수 있었다.

홍범도 부대는 지형의 이점을 잘 살려 매복 기습작전을 성공시켰다. 하지만 그 한 번의 전투만으로 일본군 토벌대의 추격을 멈추게 할 수는 없었다. 무엇보다도 일본군은 잘 훈련된 정규군이었기에 뒤로 밀리는 전투에서도 피해를 최소화시키는 요령을 잘 알고 있었다. 그리고 무기 면에서도 비교할 수 없을 만큼 압도적인 화력을 가지고 있었기에 수세에 몰리면서도 얼마든지 자신을 엄호하는 것이 가능했다. 하지만 국경을 넘어 중국 영토 안으로까지 대부대를 진격시키는 무리수를 감행하고서도 아무런 성과를 거두지 못했다는 점에서는 어쩔 수 없는 뼈아픈 패전이었다. 중국 영토까지 함부로 들어와서 벌인 전투는 커다란 외교적 부담을 감수한 것이었는데, 아무런 성과를 얻지 못했을 뿐 아니라 오히려 비정규군인 독립군들에게 적지 않은 피해까지 입게 되면서 톡톡히 망신을 당하게 됐기 때문이다.

곤란한 지경에 빠졌지만 그럼에도 불구하고 그대로 물러날 수는 없었던지, 일본군은 4개월이 지나 늦가을로 접어들던 10월에 3개 사단에서 차출한 3천여 명 규모의 병력을 더 보내서 토벌전의 규모를 확대했다. 그러자 그들과 맞서기 위해 홍범도 부대를 비롯한 간도 일대의 독립군 부대 대부분도 연합부대를 구성해 힘을 합쳐야만 했다. 그 독립군 연합부대 안에서 가장 규모가 큰 부대가 바로 북로군정서였고, 그 부대의 지휘관이 김좌진이었다. 그리고 김좌진을 정점으로 홍범도를 비롯한 지도자들이 이끌던 독립군 부대들이 하나로 뭉쳐서 대규모의 일본군 토벌대와 대결한 곳이 바로 청산리였다.

봉오동에서 일단 일본군의 추격을 저지한 홍범도 부대는 서쪽으로 이동하며 다른 독립군 부대들과 합류해 대책을 의논했다. 그 사이 증원되고 재편성된 일본군 역시 같은 방향으로 진군하며 독립군의 근거지를 제거한다는 명목 하에 일대의 한국인 망명자 마을들을 파괴하고 민간인을 학살하는 만행을 저질렀다.

병력과 무기 모든 면에서 열세를 면할 수 없던 독립군 입장에서는 정면 대결을 벌일 수는 없었다. 하지만 전력의 손실을 최소화하면서 퇴로를 찾기 위해서는 최소한 일본군에게 추격의 속도를 늦추게 할 만큼의 타격을 입힐 필요가 있었다. 그리고 그러기 위한 불가피한 일전의 무대로 선택된 곳이 바로 청산리였다.

백두산 줄기로부터 이어진 험준한 산악 지역인 청산리 역시 25km에 이르는 기다란 계곡 지형을 가진 곳이었다. 그래서 일본군을 충분히 유인해서 계곡 깊숙이 끌어들이기만 한다면 양 옆의 능선에 매복한 독립군들의 집중 공격을 통해 효율적인 작전을 할 수 있는 조건을 가진 곳이기도 했다. 독립군은 이범석과 김좌진, 홍범도 등이 각각 나뉘어 소부대를 이끌며 차례대로 전투를 벌이다가 도망치는 척하는 방식으로 일본군을 끌어들였다. 그리고 청산리 계곡의 가장 깊숙한 곳까지 일본군 주력부대를 충분히 유인하는 데 성공한 다음, 도망치던 소부대들이 모두 힘을 합쳐 반격을 개시했다. 일본군은 긴 계곡 지형을 통과하느라 길게 늘어설 수밖에 없었고, 갑자기 반격이 시작되자 곳곳에서 대열이 끊어지면서 분산되고 말았다. 전체 병력 수는 일본군이 훨씬 많았지만, 그렇게 서로 떨어진 일본군은 독립군이 충분히 상대할 수 있을 만큼 전력이 약해졌다. 특히 일본군들은 낮은 곳에 있어서 잘 보였고, 독립군들은 높은 곳에 숨어 있어서 잘 보이지 않았다. 한동안 교전을 벌였지만 점점 피해가 늘어나기 시작하자 일본군도 후퇴를 결정할 수밖에 없었다.

봉오동 전투와 청산리 전투는 이렇게 서로 이어진 사건이었다. 봉오동 전투는 비교적 소규모였고 청산리 전투는 그에 비해 규모가 커졌지만, 두 번의 전투 모두 가장 유리한 지형으로 일본군의 주력부대를 유인한 다음 반격을 가해서 타격을 입혔다는 점에서는 비슷했다. 그 과정에서 홍범도와 김좌진 같은 유능한 지휘자의 능력이 잘 발휘됐을 뿐 아니라, 그런 지도자들을 따라 목숨을 걸고 싸운 모든 독립군 부대원들의 경험과 용기와 능력이 잘 드러난 사건이기도 했다.

결과적으로 봉오동과 청산리에서 모두 수백 명의 사상자를 낸 일본군은 더 이상 계획대로 토벌작전을 수행할 수 없게 되었고, 독립군은 대부분의 부대들이 전투력을 유지한 채 성공적으로 탈출하는 데 성공할 수 있었다.

두 전투의 승전 소식은 또다시 느리지만 끈질기게 국내로 전해져서 번져 갔고, 더욱 많은 젊은이들의 가슴에 불을 붙였다. 그리고 일본과 싸우기 위해 국경을 넘는 젊은이들의 발길 역시 계속해서 이어졌다. 그들은 꾸준히 무장독립군부대에 투신하기도 했고, 그 밖에도 여러 가지 방식으로 일본과 싸우는 일에 힘을 보탰다.

그렇게 3·1운동은 1919년 3월과 4월 두 달 사이에 일어나서 이내 끝나 버린 사건이 아니었다. 길게는 대한민국 건국을 통해 오늘날에 이르게 한 사건이었을 뿐 아니라, 짧게 보더라도 독립운동의 역사에 불을 붙이면서 적어도 1920년대 내내 활활 불타오르게 한 출발점이었다.

10. 절망, 지친 희망

하지만 3·1운동같이 수많은 사람들이 거리로 나와 싸우는 일이 언제까지나 계속될 수는 없었다. 사람들은 삶을 이어가기 위해 다시 일터에서 땀을 흘려야 했고, 앞장섰던 지도자들도 살아남아서 또 다른 싸움을 준비하기 위해서는 우선 숨어들어야 했다. 그리고 총칼을 겨눈 헌병들을 향해 몸을 던지는 열기 역시 언제까지나 계속될 수 있는 것도 아니었다. 싸울 땐 싸우더라도 힘을 모으고 기르는 시간 역시 필요했기 때문이다.

3·1운동이 시작된 1919년으로부터 몇 년의 시간이 흐르고 1920년대 후반으로 접어들면서 분위기는 조금씩 바뀌었다. 부풀었던 기대에 비해 독립이 오는 속도는 너무 느렸고, 일본은 오히려 점점 더 강성해지고 난폭해지는 것 같았다. 1

차 세계대전 때 연합국에 가담해 싸우고 승전국이 된 일본을 더 이상 아시아 지역에서는 막아서는 나라가 없었다. 독일, 이탈리아, 오스트리아 같은 나라들은 패전국이 되어 위축될 수밖에 없었지만, 일본은 미국, 영국, 프랑스 같은 나라들과 함께 전쟁을 치른 동맹국으로서 기세가 등등해져 있었기 때문이다. 여전히 많은 사람들은 '민족자결주의'를 제창한 윌슨 대통령의 나라 미국이 도와줄 거라고 믿고 있었지만, 미국은 필리핀을 식민지로 통치하는 것을 방해하지 않는 조건으로 일본이 우리나라를 지배하는 것을 묵인하기로 약속까지 맺고 있었다. 그렇게 우리는 세계정세에 대해 너무 어두웠고, 다른 나라들이 겉으로 보여 주는 모습에 쉽게 속아서 헛된 기대를 품을 만큼 순진했던 것이다.

3·1운동의 감격과 희망이 너무 컸기 때문에, 사람들 중에는 적어도 몇 해 안에 독립을 이룰 수 있을 거라는 섣부른 기대를 품는 이들도 많이 있었다. 봉오동 전투나 청산리 전투 같은 통쾌한 승전을 계속 이어나가기만 한다면 우리 독립군들의 힘만으로 일본군을 곧 이 땅에서 몰아내는 것도 가능하리라고 생각하는 이들마저 있었다. 그래서 더 강해지고 더 커진 독립군들이 두만강과 압록강을 건너와서 일본군들

을 몰아냈다는 소식이 들려오기를 손꼽아 기다리는 사람들도 적지 않았다.

하지만 그 두 번의 승전은 우리 독립군의 지략과 용기와 의지, 그리고 일본군의 방심과 실수들이 엮이면서 만들어진 그야말로 기적과도 같은 일이었을 뿐이었다. 사실 독립군과 일본군은 그 병력의 수나 사용하는 무기의 질과 양, 그리고 훈련의 정도와 의식주의 보급 등 모든 면에서 비교조차 할 수 없는 상대였다. 일본군 주력부대가 출동해서 토벌작전을 벌이기 시작하면 독립군 부대들은 미리 숨거나 피하면서 전력을 지키는 수밖에 없었다.

독립군이 일본군과의 전투에서 승리하거나 전과를 올리는 경우는 일본군이 방심한 틈을 노려 감행한 기습작전이 성공했거나 또는 일본군 소규모 부대가 따로 떨어져 있는 것을 알아챈 우리 독립군들이 힘을 합쳐 선제공격한 것들이 대부분이었다. 하지만 대개의 경우 일본군 부대는 크고 강했고 독립군 부대는 작고 약했으며, 전투에서 더 큰 피해를 입는 쪽도 거의 대부분 독립군 쪽이었다. 그래서 싸움이 거듭될수록 일본군은 점점 더 강성해졌지만 독립군은 계속해서 힘을 잃고 쇠약해져만 갔다. 그들에게 독립전쟁이란 수

세에 몰려 불리해져도, 행여 지더라도 계속 해 나가야만 하는 싸움이었다. 이길 수 있을 때까지 어떻게든 계속하지 않으면 안 되는 싸움이었다. 하지만 아무리 열심히 싸우고 운이 좋아도 당장 끝낼 수 있는 싸움은 결코 아니었다.

3·1운동을 통해 세계 여러 나라의 많은 사람들이 우리나라 사람들이 처한 사정에 대해 비로소 올바르게 알게 된 것은 사실이었다. 하지만 그렇다고 해서 그들이 우리나라의 독립을 돕기 위해 당장 무슨 일을 해줄 리도 없었고, 그럴 수도 없었다. 그 시대에 대부분의 나라들은 약한 나라를 침략해 식민지로 삼아 지배하거나, 아니면 침략을 당해 그런 지배를 당하고 있었다. 그 시대는 식민 지배를 하지도, 당하지도 않은 나라가 전 세계에서 손에 꼽을 정도 밖에 되지 않는 약육강식의 시대였다. 우리를 도와줄 힘을 가진 나라들은 자기들도 이미 주변의 약한 나라들을 침략해 지배하고 있었기 때문에 다른 나라의 식민지 정책을 비난할 수가 없었던 것이다. 따라서 미국이나 유럽 여러 나라의 사람들에게도 일본이 우리나라를 보호하거나 돕는 것이 아니라 억압하고 짓밟는다는 사실을 알게 된 것은 별로 새로울 것도, 중요하게 여겨질 이유도 없었던 것이다.

물론 그런 일본이 잘못되었다는 생각을 가지고 우리 민족을 도우려는 마음을 먹은 나라들이 있었다고 하더라도, 그때의 국제사회는 구체적인 도움을 줄 수 있는 환경이 아니었다. 1차 세계대전이 끝난 뒤 미국 윌슨 대통령의 제안에 의해 '국제연맹'이라는 기구가 만들어지기는 했지만, 정작 미국조차 의회의 반대 때문에 가입을 하지 못했기 때문에 강한 결속을 이루기가 어려웠다. 그뿐 아니라 국제연맹은 회원국들의 만장일치가 이루어졌을 때만 결정을 내리고 함께 행동할 수 있도록 한 규정 때문에 실제로는 아무런 일도 할 수가 없었다. 만에 하나 일본의 침략 행위를 규탄하는 결의안을 어느 나라가 제안하고 다른 모든 나라가 동의했다고 하더라도, 역시 국제연맹의 주요 회원국이었던 일본이 반대한다면 아무 소용이 없어지기 때문이다.

1919년에 임시정부가 수립되고, 또한 강우규 의사가 서울역 광장에서 신임 총독 사이토를 향해 폭탄을 던지고, 1920년에 만주에서 활동하던 독립군 부대들이 청산리 전투와 봉오동 전투를 비롯한 몇 차례의 승전보를 전해 주었지만, 그 뒤로는 점점 희소식이 뜸해져 갔다. 그럼에도 불구하고 많은 사람들이 여전히 일본에 맞서 싸우고 있었지만, 더 교묘해진 일본 제국주의 세력은 더욱 철저하게 감시하고 탄압하며 독립운동을 방해했다. 그리고 누군가 커다란 성과를 만들어 낸다고 하더라도 더욱 꼼꼼하게 그 사실을 은폐하며 세상에 알려질 수 없도록 만들었다.

그렇게 다시 몇 년의 세월이 흘러가자 부풀어 올랐던 희망은 점점 색이 바래졌고 때로는 절망으로 변질되어 버리기도 했다. 그리고 절망은 때로 사람을 비뚤어지게 만들었고 비극적인 갈등들을 만들어 내기도 했다. 독립에 대한 희망을 버리는 사람들도 생겨났고, 오히려 민족을 배신한 채 친일의 길로 들어서서 독립운동가들을 일본에 밀고하고 팔아넘기는 이들마저 생겨났던 것이다.

일본의 세력이 점점 만주와 연해주 지역으로까지 넓어지게 되면서 독립군의 규모도 그만큼 줄어들게 됐다. 중국이나 러시아 정부와 충돌하지 않기 위해 두만강과 압록강 건너 국경 밖으로까지 군대를 보내기 어려워하던 일본군은 더 큰 규모의 토벌대를 국경 너머 깊숙한 곳까지 보내 끈질기게 독립군을 추격했다. 일본의 세력이 갈수록 확대되고 거칠어지면서 중국과 러시아 정부가 오히려 일본과 충돌하기를 꺼리며 몸을 사리기 시작했기 때문이다.

그런 상황에서 독립군에게 공격을 받기라도 하면, 일본군은 엄청난 규모의 토벌작전으로 보복을 하는 동시에 근처에 있던 한국인 마을을 공격해 죄 없는 양민들을 마구 죽이고 집들마저 불태워버리는 만행을 보란 듯이 저지르곤 했다. 그것은 한국인들의 희생을 막기 위해서라도 독립군 활동을 그만두라는 경고이기도 했고, 또한 독립군에게 꾸준히 자금과 식량 등을 지원해 왔던 한국인 마을을 아예 없애 버림으로써 독립군들을 고립시키기 위한 계략이기도 했다. 게다가 일본과 충돌하는 것을 두려워하거나 부담스러워하게 된 중국과 러시아 정부가 독립군 활동을 교묘하게 방해하는 일도 종종 생기고 있었다.

그뿐만이 아니었다. 어려운 상황이 계속되는 와중에 독립군 부대들 사이에 내분이 일어나 서로 싸우는 안타까운 일이 벌어지기도 했고, 두만강과 압록강을 건너는 사람들에 대한 일본 경찰들의 감시가 더욱 철저해지면서 독립군에 가세하는 젊은이들의 수도 눈에 띄게 줄어들고 있었다. 그런 상황들이 한꺼번에 겹치면서 자연히 독립군의 활동에 관한 소식들도 점점 뜸해져만 갔다.

국내로부터 임시정부를 비롯한 여러 독립운동 단체들로

향하던 자금이 줄어든 것도 그래서 당연한 일이었다. 일본이 전쟁 준비를 위해 곡식과 여러 가지 물자들을 집요하게 빼앗아갔기 때문에 그동안 어려움 속에서도 열심히 자금을 보내 주던 나라 안 동포들의 형편도 갈수록 어려워졌기 때문이다. 더군다나 일본의 촘촘한 감시망을 뚫고 국경 밖으로 자금을 전달하는 것 또한 점점 힘든 일이 되어 갔다. 따라서 독립군들은 새로운 무기는 고사하고 부대원들을 제대로 먹이고 재우는 것조차 힘겨울 지경에 이르게 됐다. 마침내 많은 독립운동가들이 자신들의 생명과 안전을 지키는 것조차 힘겨워할 정도로 사정이 어려워지자, 독립운동을 위해 무언가 새로운 활동을 벌인다는 것은 요원한 꿈처럼 되어 버리고 말았다.

그런 절망적인 상황이 계속되자 그 틈을 비집고 위험한 생각들이 독버섯처럼 자랐다. 국내에서는 참정권을 달라고 요구하거나, 혹은 일본의 한 지역으로서 자치권을 얻기 위해 노력하자는 이들이 나타나서 활동하기도 했다. 물론 그것도 한국인들의 조건을 개선하기 위한 노력일 수는 있었다. 하지만 동시에 독립이라는 꿈을 영영 놓아 버리는 주장이기도 했다. 우리가 일본이라는 나라의 국민임을 인정한 다음에나 할 수 있는 요구였고, 그렇게 되면 당연히 독립은 더 이상 요구하지 않겠다는 뜻이 되기 때문이었다.

그렇게 지지부진하게 세월은 흘러가고 있었다. 많은 사람들은 여전히 독립의 꿈을 버릴 수 없었지만, 그럼에도 불구하고 조금씩 불안해지는 것은 어쩔 수 없었다. 예컨대, 그 사이 무럭무럭 자라서 어른이 되어 가고 있던 덕산 마을의 우의 같은 이의 마음도 그랬다. 무엇이든 새로운 계기를 만들지 않으면 모두 희망을 잃고 주저앉아 버릴지도 모른다는 불안함이었다. 하지만 우의는 그런 상황을 극복하기 위해 자신이 나서서 뭔가 해야 한다는 강한 사명감을 느끼고 있었다는 점에서 다른 사람들과는 달랐다.

11. 상하이

"대장부가 집을 나서면 살아서는 돌아오지 않는다."

1930년, 스물세 살이 된 우의는 이렇게 쓴 글씨 한 장을 남기고 집과 고향을 떠났다. 열두 살이 되던 해부터 늘 가슴에 품어왔던 두 글자, '독립'을 위해 이젠 뭔가 해야 할 때가 되었다는 결심을 굳혔던 것이다.

기차에 몸을 실은 우의는 이틀 만에 국경이 멀지 않은 평안도 선천까지 갈 수 있었다. 하지만 한동안 중국으로 망명해 독립군이 되려는 젊은이들이 붐비던 그곳에는 여전히 일본 경찰들의 감시가 심한 편이었다. 그리고 별다른 짐도 없고 정확한 행선지도 없이 길을 나선 젊은 남자는 가장 먼저 경찰의 주목을 받을 수밖에 없었다. 일본 경찰들의 눈을 피하지 못한 우의 역시 경찰서에 끌려가서 조사를 받느라 열흘을 허비해야 했다.

별다른 수상한 점들이 나오지 않아 풀려나긴 했지만 감시받고 있다는 걸 알게 된 이상 함부로 움직일 수는 없었다. 우의는 그곳에서 며칠을 더 머무르며 경찰들의 눈을 피할 방법을 찾았고, 조금 느슨해진 틈을 타 신의주로 향했다. 짐을 실은 마차 따위를 얻어 타기도 하고, 때로는 걷기도 하면서 신의주에 도착한 우의는 다시 걸어서 압록강을 건넜고, 집을 떠난 지 한 달 만에 중국 땅인 만주의 단둥에 닿고서야 한숨을 돌릴 수 있었다.

우의는 그곳에서 다시 며칠 머무르며 주변 상황을 살폈다. 사실 집을 떠날 때만 해도 우의는 십여 년 전 청산리와 봉오동에서 일본군을 무찔렀던 독립군 부대에 들어가 싸울 계획을 가지고 있었다. 하지만 이미 그곳의 상황은 예전과는 많이 달라져 있었다. 대부분의 독립군 부대들은 이미 사라졌거나 더 멀고 깊숙한 곳으로 숨어 버린 뒤였다. 그래서 독립군 부대에 합류할 길을 찾기도 쉽지 않았지만, 합류한다고 해도 마음껏 일본군과 싸울 수 있는 상황이 되지 못했다. 그 무렵 만주 일대의 독립군 활동은 이미 위축되어 있었고, 남은 이들 역시 일본군을 찾아다니며 공격하기보다는 먼저 살아남기 위해 안간힘을 쓰고 있는 형편이었다. 그것 역시 각자 나름의 최선이었지만, 우의가 몸을 던지고 싶은 일은 아니었다. 우의는 한 달쯤 뒤 다시 배를 타고 항구 도시 칭다오로 이동했다.

넉넉한 여비를 챙겨서 떠난 길도 아니었고, 의지할 곳을 정해 놓고 떠난 길도 아니었다. 고작 국경을 넘을 때까지의 여비와 끓는 가슴 하나만으로 나선 길이었다. 무작정 뜻대로 움직일 수 있는 형편은 당연히 아니었다. 우의는 칭다오에서 만난 한국인의 도움을 받아 일본인이 경영하던 세탁소에 취직했다. 그리고 그곳에서 여비도 마련하고 주변 상황도 살피며 다시 1년의 시간을 보냈다.

톈진과 상하이의 중간쯤에 있는 항구 도시였던 칭다오는 여러 나라 사람들의 왕래가 많았고, 여러 부류의 한국인과 일본인들도 종종 만날 수 있었다. 그리고 그들을 통해 떠나온 나라 안의 소식도 간혹 들을 수 있었고, 또 중국 대륙 안쪽의 소식들이나 멀리 바다 건너 서양 세계 여러 나라들에 관한 소식들도 얻어들을 수가 있었다. 그 무렵 일본은 점점 군사적으로 팽창하고 있었고, 그 앞에서 중국은 잔뜩 겁을 먹고 있었다. 그리고 한국은 곧 벌어질 전쟁 준비에 정신을 빼앗긴 일본에 의해 잔인하게 수탈당하며 신음하고 있었다. 산으로 둘러싸인 덕산 마을과 달리 사방으로 통하는 국제도시였던 그곳에서는 그런 주변 나라들의 정세가 한눈에 들어오는 것 같았다.

칭다오에는 한국인들도 제법 있었고, 그들 중에는 독립운동에 힘을 보태는 이들도 적지 않았다. 하지만 대부분 우의가 상상했던 멋진 독립운동가의 모습과는 거리가 있었다. 우의가 막연히 상상하던 것처럼 말을 타고 '돌격'을 외치며 독립군을 지휘하거나, 일본의 밀정을 처단하기 위해 멋진 승용차에 몸을 싣고 칭다오의 거리를 달리는 독립투사는 단 한 명도 없었다. 대부분의 사람들은 중국인이나 일본인이 주인인 채소가게나 세탁소에서 힘들게 일하며 생활비를 벌었고, 그중에서 아끼고 아껴 남긴 돈으로 독립운동자금을 마련하곤 했다. 그래서 하루 세 끼 식사도 배불리 먹기 어려웠던 그들은 흔히 중국 사람들이 돼지에게 먹이던 '잡두미'라는 잡곡을 사서 죽을 끓여 먹곤 했을 정도였다.

그런 모습들을 지켜보고 가만히 곱씹어볼수록 우의의 가슴속은 답답해졌다. 국경만 넘으면 독립군이 되어 마음껏 일본과 싸울 수 있을 줄 알았던 우의의 기대에 조금씩 금이 가기 시작했기 때문이었다. 그리고 우의 자신도 당장 일본과 맞서 싸우기 전에 감당해야 할 삶의 무게가 비로소 눈에 들어왔기 때문이었다. 우의도 하루 세 끼 밥을 먹기 위해, 그리고 조금씩이라도 모아서 다음 행동을 준비하기 위해 먼저 일을 해야만 했다. 세탁소에서 빨래를 하고, 다 된 빨래를 배달하는 일이 당장 우의에게는 그 어떤 독립투쟁보다도 절실한 현실이었다.

물론 그렇다고 칭다오의 세탁소 직원으로서 그저 주저앉아 있을 수만은 없었다. 그렇게 칭다오에서 머물며 보낸 시간이 1년을 채워갈 즈음, 우의는 다시 길을 나섰다. 세탁소에서 부지런히 일한 덕분에 얼마간의 여비도 모였고, 중국어 실력도 혼자 다니기에 큰 불편함이 없을 정도로 늘어 있었다. 칭다오 항구에서 배를 탄 우의가 향한 곳은 물론 임시정부가 있는 상하이였다. 독립군이 되는 것이 첫 번째 목표였지만, 그것이 어렵다면 당연히 가야 할 곳은 임시정부였다. 1931년 5월 8일, 고향을 떠난 지 1년여 만에 우의는 드디어 상하이에 도착했다.

하지만 상하이에 도착했다고 해서 곧장 임시정부에서 일

을 할 수 있는 것은 아니었다. 임시정부는 중국마저도 긴장하게 만들고 있던 동아시아의 최강대국 일본에 정면으로 맞서는 단체였고, 동시에 3·1운동을 통해 드러난 우리 민족의 의지를 대표해서 지켜나가는 곳이었다. 또한 그 시대에 가장 위험한 일을 하고 있었지만 절대 무너져서는 안 되는 조직이었다. 그런 임시정부가 어떤 사람을 단지 한국인이라는 이유만으로 함부로 받아들이거나 접촉할 수는 없었다. 이미 십여 년 전부터 일본의 끊임없는 위협에 시달려 온 임시정부는 여러 가지 방식으로 방해하거나 무너뜨리려고 노력해 온 일본의 음모를 늘 경계하고 주의해야만 했다.

당시 일본은 돈으로 매수한 한국인 밀정들 수십 명을 상하이로 보내 임시정부 주변에 머물게 하고 있었다. 그들은 평소에는 독립운동에 호의적인 것처럼 말과 행동을 하고 다녔지만, 실제로는 임시정부 요인들의 동향과 움직임에 대한 정보를 모아서 일본에 넘기는 일을 주로 하고 있었다. 그리고 때로는 일본의 지시에 따라 임시정부 요인들을 습격하는 일을 벌이기도 했다. 우의 역시 그런 밀정들 중 하나가 아닌지 의심하는 것은 임시정부로서는 당연한 일이었다.

우의는 우선 상하이 거류민단의 이유필 단장을 찾아갔다.

거류민단이란 상하이에 머물던 한국인들이 서로의 안전을 함께 지키고 돕기 위해 만든 자치 조직이었다. 그래서 한국 인이라면 누구나 거류민단에 들어갈 수 있었고, 단장도 만 날 수가 있었다. 우의가 이유필 단장을 만난 이유는 물론 단 한 가지였다. 바로 임시정부에서 일할 수 있도록 도와달라 고 부탁하기 위해서였다.

"저는 충남 예산의 덕산 마을에서 온 윤우의라고 합니다. 작년 3월에 집을 떠나 칭다오에서 1년 정도 머물며 일을 했 고, 얼마 전에 이곳 상하이에 왔습니다. 도저히 일본인으로 살 수는 없어서, 한국인으로 살겠다는 마음 하나로 여기까 지 왔습니다. 우리나라 정부가 이곳에 있다고 들었습니다. 그곳에서 일할 수 있도록, 아니 그곳에 가서 그곳에서 일하 는 분들을 만나볼 수 있도록 만이라도 도와주십시오."

이유필은 이미 20여 년 전 국내에서 신민회 활동을 하다 가 일본 경찰에 잡혀서 옥고를 치른 적이 있었다. 3·1운동 때도 함경도 의주에서 태극기와 선전물을 나누어 주다가 수 배되어 일본 경찰들의 추격을 받은 끝에 탈출해서 중국으로 망명한 사람이었다. 오랜 세월 동안 독립운동에 헌신해 온 인물이었고 임시정부에서도 이광수와 함께 독립신문을 만든 적도 있었으며, 안창호의 뒤를 이어 내무총장을 지낸 적도 있는 중요한 인물이었다. 그가 확신할 수 있는 이라면, 당장이라도 임시정부에 소개할 수도 있는 위치에 있었던 셈이다. 하지만 그 역시 낯선 젊은이에게 그런 사정을 다 드러낼 수는 없었다.

"먼 길 오느라고 수고했네. 하지만 나도 임시정부에서 정확히 누가 일을 하는지, 또 무슨 일을 하는지 알 수가 없네. 모르긴 하지만, 뭐 여기서도 독립운동을 한다는 것이 그렇게 다 드러내놓고 할 수 있는 일은 아닌가 보네. 나는 그저 이곳에서 살아가는 동포들끼리 서로 도울 수 있는 일이 있는지 알아보고 조언해 주는 사람이네. 자네도 고향을 떠나서 여기까지 멀리 왔을 때는 나름대로 사정이 있고 생각이 있을 거라고 생각하네만, 일단 잘 적응하고 살면서 차차 알아보도록 하게나."

임시정부에 대해서는 딱히 알아낼 수 있는 것이 없었다.

하지만 우의는 이유필 단장의 도움으로 머물 곳을 구할 수 있었고, 채소가게에 취직을 해 당장 의식주를 해결할 수 있는 길도 만들었다. 물론 거류민단의 단장이라고 해서 상하이로 몰려드는 모든 동포들에게 그런 도움을 줄 수 있는 것은 아니었다. 이유필 단장도 아직 확신할 수는 없었지만, 우의에게서 느껴지는 순수한 열정과 확신에 조금은 기대를 걸었던 것이다. 그는 조금 더 찬찬히 지켜보기 위해 자신과 가까운 곳으로 일자리를 알선했고 가끔씩 안부를 살폈다. 그리고 국내와의 연락망을 통해 우의가 어떤 일을 해 온 사람이었는지도 은밀히 알아보곤 했다. 상하이에 와 있는 한국인들 중에 우의의 고향인 충청도 예산에 연고가 있는 이들이 있었고, 그들이 아직 고향에 남아 있는 그들의 가족이나 친척들에게 편지를 보내 덕산 마을 윤우의와 그 가족들에 대해 알아볼 수 있었던 것이다.

"서당에서 한학을 배우고, 열아홉 살 때부터 농민야학을 열어 글을 가르쳤습니다. 천도교 잡지 〈개벽〉에서 임시정부에 관한 기사를 읽고 언젠가 상하이로 와야겠다고 마음을 먹고 있었습니다. 기미년(1919년 3·1운동이 일어났던 해) 이후에 한창 독립 열기가 올랐을 때는 그저 주변 젊은이들을 가르치면서 힘이나 기르고, 자금이나 만들어 보내면 곧 독립이 이루어질 거라고 생각했었습니다. 하지만 요 몇 년 동안 점점 지치고 희망을 잃는 사람들이 늘어나는 걸 보면서 저 같은 젊은이들이 좀 더 힘을 내서 싸워야 한다고 생각했습니다. 기왕 여기까지 왔으니 반드시 임시정부에 들어가서 나라를 되찾는 일에 조그만 힘이라도 보태고 싶습니다."

이유필은 틈틈이 우의에게 그동안 지내온 일들에 관해 물었다. 만약 우의가 일본이 보낸 밀정이고 그동안 했던 이야기들이 모두 꾸며낸 거짓이라면, 여러 가지 이야기를 하던 중에 반드시 어긋나는 점이 보일 거라고 생각했기 때문이다. 하지만 그렇게 지켜보는 몇 달 내내 우의의 말은 또렷하게 일관되어 있었다. 그리고 간혹 충청도에서 들려오는 이야기들도 우의의 말과 어긋나지 않았다. 우의가 다녔다는 '오치서숙'의 학풍이 꼿꼿하고 민족주의적이었다는 사실도 확인할 수 있었고, 덕산 마을의 윤씨 집안사람들 역시 평판이 훌륭하다는 이야기도 전해졌다. 그리고 그 집안의 젊은 자손 하나가 어려서부터 공부에 재주가 있더니 직접 책까지 몇 권 써 가면서 마을 농민들에게 글을 가르치는 일에 애를 썼더라는 이야기도 우의의 말과 같았다. 우의는 고향을 떠나기 전 마을에 야학을 만들고 농민들을 모아서 가르치는 일에 힘써 왔는데, 그때 우의에게 배웠거나 자녀들을 맡겼던 사람들은 한결같이 고마운 마음을 가지고 있었다. 윤우의가 어떤 사람이냐고 묻는 사람들에게 그들은 그가 얼마나 바르고 총명한지를 충분히 설명해 주곤 했던 것이다.

이유필 단장은 임시정부를 이끌던 백범 김구 선생에게 그런 심상치 않은 젊은이가 있다는 사실을 보고했고, 백범은 이내 사람을 하나 보내왔다. 바로 중국의 하얼빈 역에서 이토 히로부미를 저격했던 안중근 의사의 친동생, 안공근이었다.

"이 단장님께 이야기를 많이 들었네. 나는 정부에서 일하는 안공근이라고 하네."

"안…… 공…… 근 선생님이시라면…… 혹시……."

"맞네. 내 큰형님이 하얼빈 역에서 이토 히로부미를 처단한 분이시네."

"아, 안녕하십니까. 저는 예산에서 온 윤우의라고 합니다."

안공근은 형 안중근이 의거를 감행한 직후 중국으로 망명했고, 임시정부 설립에 참여한 뒤 주로 특수공작 업무를 맡아 일하고 있었다. 일본인들 주변에 접근하여 정보를 캐내거나, 일본이 임시정부 주변에 침투시킨 밀정들을 찾아내 처리하는 일을 주도하고 있었던 것이다. 물론 우의가 그런 자세한 사정을 알 수는 없었다. 하지만 안중근의 동생이 새삼 자신을 찾아왔다는 것은, 그만큼 임시정부 요인들과 만날 기회가 가까워졌음을 의미한다는 것 정도는 알 수 있었다.

"정부에서 일하고 싶어 한다는 이야기를 들었네. 혹시 무슨 일을 하고 싶은가?"

"무슨 일이든, 필요한 일이 있다면 힘닿는 대로 해 보고 싶습니다."

"혹시…… 무슨 직책을 얻고 싶은가? 벼슬 같은 거 말이네. 사실 임시정부에서 무슨 직책을 맡는다고 해도 월급을 줄 수 있는 것도 아니고, 또 실제로 어디 가서 무슨 권력을 휘두를 수 있는 것도 아니야."

그건 실제로도 가끔 있는 일이었다. 독립의 희망이 높아지던 시절, 임시정부에서 뭔가 직책이라도 하나 받아 두면 곧 되찾을 나라에서도 쉽게 권력을 얻을 수 있으리라는 기대를 품고 임시정부의 문을 두드리는 젊은이들이 없지 않았다. 우의도 혹시 그런 종류의 영악한 청년은 아닐까, 궁금했던 것이다.

　"무슨 말씀이십니까? 그런 일은 상상도 해 본 적 없습니다. 저는 정부에서 무슨 자리를 맡아서 할 수 있을 만큼 능력이 있는 사람도 아니고, 그러고 싶은 생각도 없습니다. 그저 저는 저의 가족과 이웃과 동포들을 괴롭히는 일본을 몰아내고, 우리 동포들이 직접 결정하고 다스리는 나라를 만드는 일에 조금이라도 힘을 보태고 싶을 뿐입니다."

　"그래, 오해해서 미안하네. 가끔 엉뚱한 생각으로 찾아오는 젊은이들이 있어서 혹시나 하고 했던 이야기네. 그럼 자네가 하고 싶은 일은 어떤 것인가?"

　"저는 싸우고 싶습니다."

　"싸운다고?"

　"예. 일본과 싸워서 나라를 되찾는 일을 하고 싶습니다."

어쩌면 뻔한 답일 수도 있었다. 하지만 어쩌면 별난 답일 수도 있었다. 독립운동을 한다는 것이 모두 '싸우는 일'이긴 했지만, 이 젊은이가 말하는 싸움이란 조금 다른 것 같았기 때문이다.

"그래, 어떻게 싸우고 싶다는 말인가?"

"희망을 잃어가는 동포들에게 희망을 주고, 주저앉아가는 가슴속의 의지를 세우는 싸움을 하고 싶습니다."

"희망을 주고, 의지를 세우는 일이라……."

안공근은 지그시 눈을 감았다. 그리고 우의는 소리 없이, 그저 마음속으로 이런 말을 속삭였다.

'강우규 선생님이 저의 마음에 희망과 의지를 세워 주셨던 것처럼 말입니다.'

12. 또 한 개의 폭탄

~ 임금의 대는 천 대에 팔천 대에

작은 조약돌이 큰 바위가 되어 ~

상하이 홍커우 공원 한가운데 지어진 커다란 무대 위에는 어깨에다 번쩍이는 별 모양 계급장을 여러 개 붙인 일본군 장군들과 멋진 행사복을 차려입은 일본 고위 관리들 수십 명이 자리에 앉아 있었다. 그리고 그들의 뒷줄에는 각 나라를 대표하는 서양 열강의 외교관들 수십 명이 역시 앉아 있었다. 그 무대 주변은 총검을 들고 행사를 호위하는 일본군들이 둘러싸고 있었고, 다시 그 앞에는 일본의 전통 의상인 기모노나 서양식 양복을 차려입은 일본인들 수백 명이 서 있었다. 그리고 그 밖의 조금 멀찍한 둘레에는 평소에 흔히 볼 수 없는 화려한 볼거리들을 구경하러 온 중국인들과 다른 여러 나라의 사람들 수백 명이 또한 몰려들어 어우러져 있었다. 상하이는 여러 나라 사람들이 부대끼는 국제적인 도시였다. 그리고 그날의 행사는 늘 사람이 많고 행사가 많은 국제도시 상하이에서도 흔히 보기 힘들 정도로 규모가 큰 것이었다.

상하이는 분명히 중국의 도시였다. 하지만 무대 위로는 거대한 일장기 두 장이 내걸려 있었고 주변으로는 중무장한 일본군 수백 명이 둘러싼 채 일본의 위세를 과시하고 있었다. 그 모습 그대로 이른 아침부터 일본군들의 열병식과 전승 기념식이 세 시간 가까이 이어지고 있었다. 열병식은 군대의 위용을 뽐내는 행사를 말하고, 전승 기념식이란 전쟁에서 승리한 것을 기념하는 행사를 말한다.

그리고 오전 11시 40분 무렵, 드디어 행사가 마무리되면서 각 나라의 외교관들이 퇴장하자 구경꾼들도 대부분 빠져나가기 시작했다. 그래서 마지막으로 일본의 국가인 '기미가요'가 울려 퍼질 때는 무대 위와 아래 모두 일본인들 밖에는 남지 않게 되었다. 일본인들은 모두 꼿꼿하게 몸을 일으키고는 엄숙해진 표정과 자세로 그 노랫말을 따라 부르고 있었다.

1932년 4월 29일. 그날은 일본인들이 말하는 '천장절'이었다. 천장절이란 일본 사람들이 '천황'이라고 부르던 자기 나라 임금의 생일을 가리키는 말이었다. 바로 4월 29일은 일본의 침략 전쟁을 총지휘하고 있던 천황 히로히토의 생일이었다. 그런데 일본 천황의 생일잔치가 중국 땅인 상하이의 한복판에서 그렇게 성대하게 치러진 데는 또 다른 이유가 하나 있었다. 일본군이 바로 그곳 상하이에서 중국군과 싸워 이긴 것을 축하하는 날이기도 했기 때문이다.

일본은 이미 오래 전부터 중국을 침략하기 위한 계획을 세우고 준비를 해 오고 있었다. 그리고 한 해 전인 1931년 9월 18일에 자기네가 만든 철도를 중국군이 파괴했다는 핑계를 대며 공격을 시작해 만주를 점령해 버렸고, 이번에는 상하이에서 일본인들이 중국인들에게 폭행을 당했다는 핑계로 또다시 중국 본토에 대한 공격을 시작했던 것이다. 그렇게 일본군은 핑곗거리만 생기면 그것을 빌미 삼아 싸움을 걸고 있었지만, 중국은 그것을 막아낼 만한 힘을 가지고 있지 못했다.

상하이는 중국에서 가장 큰 무역항이었고, 그만큼 중요한 곳이었다. 그래서 일본의 공격을 받게 되자 중국도 3만 명에 이르는 많은 군인들을 투입해 막아내기 위해 안간힘을 썼다. 하지만 일본은 항공모함 전단까지 끌고 와서 함포사격을 퍼붓는가 하면 비행기를 동원한 폭격까지 해 가며 엄청난 화력으로 밀어붙였다. 군인의 수는 중국이 훨씬 많았지만, 무기 면에서 훨씬 앞서 있던 일본을 상대할 수는 없었다. 결국 일본은 별다른 피해도 입지 않은 채 간단히 중국군을 몰아냈고, 상하이에 중요한 군사 거점을 마련할 수 있게 되었다.

일본은 바로 그 승리를 기념하는 행사를 천황의 생일잔치와 함께 상하이 한복판의 홍커우 공원에서 치르기로 했고, 당시 상하이에 머물던 여러 나라 외교관과 교민들 역시 그 행사에 초대되어 참석했던 것이다. 말하자면 그날의 행사는 전쟁에서 패한 중국을 조롱하고, 그 자존심을 짓밟아 다시는 저항할 수 없게 하려는 비열한 행동이었다.

한편 행사를 지켜보는 중국인들의 가슴 속에는 천불이 일어나는 것 같았다. 자신들의 땅에서, 침략자들이 자신들의 국기를 내건 채 승전 축하파티와 천황 생일잔치를 벌이고 있었기 때문이다. 하지만 자신들의 군대는 힘없이 쫓겨나

버린 뒤였고, 일본군의 기세등등한 위세 앞에서는 누구도 불만스러운 말 한 마디 꺼낼 수가 없었다. 그저 조용히 이를 갈며 지켜보는 것 말고는 아무것도 할 수 없었다.

홍커우 공원은 상하이의 대표적인 관광지였다. 영국인이 설계한 아름다운 유럽식 공원인 그곳에서는 여러 가지 행사나 공연이 이루어지기도 했고, 평소에도 근처의 시민들이 찾아 운동과 휴식을 즐기는 곳이었다. 그리고 상하이 시내의 채소가게에서 일하던 우의가 배달을 하며 늘 지나다니던 곳이기도 했다. 가끔 우의는 이곳에 들러 이곳저곳을 걸으며 생각에 빠지기도 했고, 누각 기둥에 잠시 기대어 앉아 지친 다리를 쉬기도 했다. 하지만 그날 공원 앞에서는 배달을 오가는 우의의 모습이 보이지 않았다.

~ 이끼가 자랄 때까지 ~

중국인들의 그런 쓰라린 가슴은 아랑곳없이 그저 감격스럽고 즐거운 표정으로 수백 명의 일본인들이 기미가요의 마지막 절 가사를 막 합창하려던 때였다. 무대 위의 한가운데로 난데없이 물병 한 개가 날아들어 '떼구르르' 소리를 내면서 굴러갔다. 그리고 그 물병이 멈춘 곳은 행사에 참석한 이들 중 가장 지위가 높았던 일본의 상하이 거류민단장 가와바타 테이지와 상하이 파견군 사령관인 육군대장 시라카와 요시노리가 나란히 서 있던 자리였다. 그 두 사람의 옆과 뒤로는 주중 일본공사 시게미츠 마모루와 상하이 총영사 무라이 쿠라마츠, 그리고 일본 육군 제 9사단장인 중장 우에다 켄키치와 해군 제3함대 사령관인 중장 노무라 키치사부로 같은 일본 정부와 군부의 최고위층들이 있었다. 난데없이 날아든 물병에 그들의 시선이 모이던 순간, 갑자기 조금 전 열병식 때 쏘았던 축포 소리보다 크고 날카로운 폭발음이 공원에 울려 퍼졌다.

"꽝"

뿌연 화약 연기와 먼지가 단상 전체를 집어삼켰다. 순간적으로 곳곳에서 주저앉으며 고개를 숙인 사람들의 머리 위로 단상을 이루고 있던 나무판자들이 잘게 부서져 비처럼 쏟아져 내렸다. 연기와 뒤섞인 흙먼지들이 한 치 앞을 볼 수 없을 정도로 자욱하게 일어났다. 그리고 이어서 화약 냄새와 비릿한 피비린내가 진동했다. 곳곳에서 사람들의 신음과 비명이 번져 가기 시작한 것은 그 다음이었다.

행사장은 온통 아수라장이었다. 나무로 만든 행사 무대는 완전히 주저앉아 버렸고, 그 위에 내걸려 참석자들을 굽어 보던 두 개의 초대형 일장기도 깃대가 꺾이고 깃발이 찢어 진 채 널브러져 있었다. 무대 아래에 서 있던 수백 명의 일본 인들은 겁에 질려 저마다 공원 입구를 향해 달리기 시작했 고, 곳곳에서 뒤엉켜 부딪히고 쓰러졌다. 그리고 그제야 정 신을 차린 군인들은 이곳저곳에서 소리를 지르며 어딘가를 향해 달리고 있었다.

바로 발 앞에서 폭탄이 터진 거류민단장 가와바타와 파견 군 사령관 시라카와 대장은 목숨을 잃었고, 그들 몸을 방패 삼아 치명상을 피할 수 있었던 시게미츠 공사, 무라이 총영 사, 우에다 중장과 노무라 중장 같은 이들은 각자 눈이나 팔 다리를 잃는 중상을 입은 채 쓰러져 비명을 지르고 있었다.

폭탄을 던진 것은 단상 바로 앞쪽에 서 있던 코트 차림의 한 사나이였다. 행사에 참석한 다른 사람들과 마찬가지로 도시락과 물병, 그리고 일장기 하나를 가지고 있던 그는 단 상을 향해 물병 폭탄을 집어던져 아수라장을 만든 다음 도시락 모양을 하고 있던 또 다른 폭탄을 움켜쥔 채 폭발시키려 하고 있었다. 하지만 무언가 뜻대로 되지 않는 듯 답답해하고 있었다. 그러는 사이에 폭탄이 터지지 않는 것을 확인한 일본군 병사 몇이 달려들었고, 곧 그 사나이는 병사들의 무수한 발길질과 매질에 피투성이로 변한 채 어디론가 끌려나갔다.

그것은 엄청난 사건이었다. 청나라와 러시아를 상대로 전쟁을 벌여 승리한 뒤 더 이상 동아시아 지역에서는 누구도 막을 수 없었던 강국이 바로 일본이었다. 게다가 만주에 이어 상하이까지 차지하고는 바로 그 자리에서 천황의 생일 축하 잔치를 열며 노골적으로 중국인들의 자존심을 짓밟아도 누구 하나 나설 수 없을 만큼 자신만만하던 일본이었다. 그런 일본이 대륙 침략을 위해 가장 앞세운 선봉부대의 총사령관과 그렇게 차지한 지역의 행정을 담당하는 최고위 관리를 단숨에 처단한 공격이었기 때문이다.

사건의 파장이 어떻게 번져 나갈지는 아무도 알 수 없었다. 강력한 군사력을 가진데다 어떤 비열한 공작도 마다하지 않던 일본의 분노가 어디로 향할지도 알 수 없었다. 하지만 수백만의 상하이 시민들뿐 아니라 10억의 중국인들은 저마다 긴장과 두려움 속에서도 은밀하게 통쾌한 미소를 짓고 있었다.

상하이 홍커우 공원 천장절 기념식장에서 폭탄이 터진 다음 날 뿌려진 신문 호외 지면에는 이런 기사가 실려 있었다.

'천장절 기념식장에서 있었던 폭탄 공격으로 시라카와 대장과 가와바타 거류민단장이 사망하고 다수의 고위 관리와 장군들이 중상을 입었다. 폭탄을 던진 자는 상하이에 거주하는 25세의 조선 출신 남성이다. 이름은 윤봉길 (본명 윤우의). 충청도 예산군 덕산면 출신.'

13. 우의의 다른 이름

"윤 군은 동포 박진이 경영하는, 말총으로 모자나 기타 일용품을 만드는 공장에서 일하다가 나중에는 훙커우의 채소가게에서 일하던 사람이다. 윤 군은 자기가 애초에 상하이에 온 것이 큰일을 하려 함이었고, 채소를 지고 훙커우 방면으로 돌아다닌 것도 그 기회를 기다렸던 것이라며, 이봉창 동지가 일본 천황에게 폭탄을 던졌던 것과 같은 계획이 있거든 자기를 써 달라고 말하곤 했다. 나는 그에게 나라를 위하여 목숨을 버리려는 큰 뜻이 있는 것을 보고 기꺼이 이렇게 대답하였다. '내가 마침 그대와 같은 인물을 구하던 중이니 안심하시오.' 그리고 나는 왜놈들이 이번 상하이 싸움에 이기고 의기양양하여 오는 4월 29일에 훙커우 공원에서 소위 천장절 축하식을 성대히 거행한다 하니, 이때 한번 큰일을 해 보는 것이 어떠냐고 말했다. 내 말을 듣더니 윤 군은, '할랍니다. 이제부터는 마음이 편안합니다. 준비해 주십시오.' 하고 쾌히 응낙하였다."

임시정부를 이끌던 백범 김구는 훗날 윤봉길과의 만남을 이렇게 회상했다. 그리고 그 회상은 이렇게 이어졌다.

"그 후, 상하이 일간신문에 천장절 축하식에 참석하는 사람은 점심 도시락과 물통 하나와 일장기 하나를 휴대하라는 포고가 났다. 이 신문을 보고 나는 곧 중국군 장교로 있던 김홍일을 찾아가 일본인들이 메는 물통과 도시락 그릇에 폭탄 장치를 하여 사흘 안에 보내달라고 부탁했다. 그리고 이틀 뒤 병공창으로 직접 오라고 해서 가 보니 물통과 도시락 그릇으로 만든 두 가지 폭탄의 성능을 시험하여 보여 주었다. 마당에 토굴을 파서 그 속의 사면을 철판으로 싸고 폭탄을 넣은 다음 뇌관에 긴 줄을 달아서 사람 하나가 수십 걸음 밖에 엎드려서 그 줄을 당기니 토굴 안에서 벼락소리가 나며 깨어진 철판 조각이 공중으로 날아오르는 것이 아주 장관이었다. 뇌관을 이렇게 20개나 실험해서 한 번도 실패가 없을 때에야 실물에 장치한다고 하는데, 이렇게까지 이 병공창에서 정성을 들이는 까닭은 이봉창 열사가 폭탄의 성능이 부족해 천황을 죽이는 데 실패했던 것이 안타까워서라고 했다. 그들은 다음 날 완성된 물통 폭탄과 도시락 폭탄을 병공창 자동차로 실어다 주었다. 나는 이 폭탄을 가져다가 친한 동포들에게도 그것이 무엇인지는 말하지 않고, 다만 귀중한 약이니 불조심만 하라고 이르고는 이집 저집에 감추었다."

1909년 10월 26일, 안중근 의사는 중국 하얼빈 역에서 대한제국의 외교권과 군사권을 빼앗고 초대 통감이 된 조선침략의 선봉장 이토 히로부미를 권총으로 쏘아 죽이며 우리나라 의열투쟁의 막을 열었다. 그 뒤로 수많은 영웅들이 곳곳에서 일본의 식민 지배 의도를 꺾고 동포들의 독립 의지를 높이기 위해 목숨을 던지며 달려들었다. 1919년에는 강우규가 새로 부임하는 조선총독 사이토에게 폭탄을 던졌고, 1921년에는 김익상이 조선총독부에 폭탄을 던졌으며, 1922년에는 김상옥이 종로경찰서에 폭탄을 던졌고, 1926년에는 나석주가 식산은행과 동양척식회사에 폭탄을 던졌다. 그리고 1932년에는 이봉창이 일본의 심장부 도쿄에서 일본 제국주의의 총책임자인 히로히토 천황을 향해 폭탄을 던지기도 했다. 그들의 용감한 행동은 일본의 침략자들을 두려움에 떨게 했고 동포들의 가슴속에는 희망의 불씨를 피워 올렸다.

하지만 그들이 직접적인 목표로 삼은 이들을 처단하는 데는 사실 실패한 경우가 더 많았다. 무엇보다도 그들이 던진 폭탄이 제대로 폭발하지 않았거나 충분한 성능을 발휘하지 못했기 때문이었다.

폭탄의 성능이 떨어졌던 것은 어쩔 수 없는 사정이 있었다. 우선, 좋은 폭탄을 만들기 위한 기술도 미치지 못했고 구입할 돈도 부족했기 때문이다. 폭탄같이 위험한 물건을 구해서 필요한 곳까지 옮기기 위해서는 많은 돈이 필요했지만, 독립운동가들은 늘 돈에 쪼들려 있었다. 그리고 어떻게든 돈을 마련했다고 해도 좋은 폭탄을 사는 것이 쉬울 리도 없었거니와 그것이 혹시 불량품은 아닌지 실험해 보는 것은 더더욱 난감한 일이었다. 폭탄 실험을 하기 위해서는 직접 폭발시켜 보는 수밖에 없는데, 그러면 정작 거사를 할 때 쓸 것이 남지 않기 때문이었다. 그 밖에도 어려운 점은 한두 가지가 아니었다. 실험을 할 때는 엄청난 폭발음이 날 수밖에 없기 때문에 일본 경찰들의 의심을 사거나 추적을 당하는 이유가 될 가능성이 높았던 것이 더 큰 문제였다.

하지만 중국군 소령으로서 상하이 근처에 있던 중국군 병기창(중국군의 무기를 개발하고 보관하는 창고)의 주임으로 일하고 있던 독립운동가 김홍일의 노력과 도움 덕분에 임시정부는 비로소 완성도 높은 폭탄을 만드는 데 성공할 수 있었다. 그리고 그렇게 만들어진 폭탄이 처음으로 주어진 사람이 바로 윤봉길, 덕산 출신 청년 우의였던 것이다.

"4월 29일이었다. 나는 김해산의 집에서 윤봉길 군과 최후의 식탁을 같이하였다. 밥을 먹으며 가만히 윤 군의 기색을 살펴보니 그 태연자약함이 마치 농부가 일터에 나가려고 넉넉히 밥을 먹는 모양과 같았다. 식사도 끝나고 시계가 일곱 시 종을 쳤다. 윤 군은 자기의 시계를 꺼내어 내게 주며, '이 시계는 어제 선서식 후에 선생님 말씀대로 6원을 주고 산 시계인데 선생님 시계는 2원짜리니 제 것하고 바꿉시다. 제 시계는 앞으로 한 시간밖에는 쓸 데가 없으니까요.'라고 했다. 그래서 나도 기념으로 윤 군의 시계를 받고 내 시계를 윤 군에게 주었다. 그리고 잠시 후 식장을 향하여 떠나려던 윤 군은 자동차에 앉아서 그가 가졌던 돈을 꺼내어 내게 주었다.

내가 '왜, 돈은 좀 가지면 어떻소?'라고 하자 윤 군은, '자동차 값을 내고도 5, 6원은 남아요.'라고 답했다. 그리고 곧 자동차가 움직였다. 나는 목이 멘 목소리로, '후일 지하에서 만납시다.'라고 했더니 윤 군은 차창으로 고개를 내밀어 나를 향하여 숙였다. 자동차는 크게 소리를 지르며 천하 영웅 윤봉길을 싣고 홍커우 공원을 향하여 달렸다."

그렇게 백범 김구는 윤봉길을 거사 현장으로 떠나보냈다. 그리고 그 자리에 남아 피가 마르는 듯한 마음으로 몇 시간을 간절히 기다린 끝에 홍커우 공원에서 거대한 폭발 사건이 벌어졌고, 일본의 최고위급 군인과 관리들 여러 명이 죽거나 중상을 당했다는 소식을 전해 듣게 되었다. 침략자 일본에게 강력한 타격을 주는 데 성공했지만, 김구는 바로 몇 시간 전에 떠나보낸 젊은 청년 한 사람을 사지에 몰아넣었다는 생각에 마냥 기뻐할 수도, 그저 슬퍼할 수도 없었다. 하지만 그 사이 '주범은 윤봉길. 배후는 김구'라는 사실을 확인한 세계 각국의 움직임은 빠르게 전개되기 시작했다.

일본은 그날 당장 김구의 목에 20만 원의 현상금을 걸고 수배령을 내렸다. 그리고 며칠 뒤에는 60만 원으로 현상금을 더욱 올렸다. 당시의 60만 원은 오늘날의 가치로 따졌을 때 200억 원이 넘는 엄청난 돈이었다. 김구를 반드시 잡고야 말겠다는 의지의 표현이었다. 하지만 영국과 프랑스는 자신들의 조계지 안에 머물던 김구를 모른 체하며 묵인했고, 그들의 암묵적인 보호를 받는 김구를 일본도 군대나 경찰을 보내서 함부로 잡아갈 수는 없었다.

대신 일본은 은밀한 방법으로 김구를 죽이려고 했다. 임시정부 가까이에서 활동하던 밀정들에게도 기회가 생기면 김구를 없애라는 지시를 내려 두었고, 암암리에 비밀경찰을 보내서 암살할 기회를 엿보기도 했다. 그리고 김구와 경쟁 관계에 있던 한국의 다른 독립운동 단체에 은밀하게 뇌물을 보내며 김구를 죽여 달라고 부탁하기까지 했다.

그렇게 일본이 여러 가지 방법으로 죽이려 드는 것을 김구 자신이 모를 리 없었다. 이는 일본의 침략을 피해 남경으로 옮겨가 있던 중국 정부 또한 잘 아는 사실이었다. 특히 윤봉길의 의거에 대해 감사하게 생각하고 있던 중국 정부에서는 김구에게 '비행기를 보낼 테니 남경에 있는 중국 정부의 보호 아래로 들어오라'고 제안해 오기도 했다. 일본의 군사적 침략 앞에서 무기력하게 무너지며 만주에 이어 상하이

마저 잃고 있던 중국으로서는, 파견군 사령관을 폭살한 윤봉길이 중국인들을 대신해 원수를 갚아 준 것으로 생각하고 있었기 때문이다. 중국 국민당 정부를 이끌고 있던 총통 장제스는 윤봉길의 의거 소식을 듣고 깜짝 놀라며 이렇게 말하기도 했다.

"4억의 중국인이 하지 못한 일을 한 사람의 조선 청년이 해냈다."

장제스와 중국 정부는 그 사건을 계기로 한국인들의 독립운동을 적극적으로 지원하기로 결정했다. 그리고 우선 한국의 청년 100명을 중국군 군관학교에 입학시켜 독립군 지도자로 키워주기로 했다. 그때 중국의 군관학교에서 교육을 받은 박효삼, 박건웅, 이규학, 채원개 같은 많은 청년들은 중국군과 함께 일본과의 전투에 나서 큰 공을 세우거나, 혹은 광복군이나 조선의용군의 핵심이 되어 항일무장투쟁을 이끌어 나간 주역이 되기도 했다. 이처럼 윤봉길의 의거는 한동안 침체에 빠져 있던 우리 민족의 독립운동에 다시금 희망을 되찾아 주었다. 그뿐만 아니라 중국 정부의 대대적인 지원을 이끌어 냄으로써 임시정부와 광복군, 의열단을 비롯한 여러 조직들의 항일운동에도 커다란 힘을 불어 넣어 주었다.

14. 시계와 편지

1945년 4월, 임시정부가 조직한 정규군인 광복군은 특수요원 19명을 미국의 비밀공작조직 OSS(미국전략사무국, 훗날의 CIA 중앙정보국)와의 합동작전에 참가시키기 위해 중국 내륙 도시인 시안으로 보내기로 했다. 그리고 4월 29일, 임시정부에서는 그들을 떠나보내기 위한 환송회를 열고 있었다. 그날 출발하기로 한 19명의 특수요원 중에는 일본군에 학도병으로 끌려갔다가 탈출해 광복군으로 합류한 장준하와 김준엽 같은 이들이 포함되어 있었다. 환송사를 하기 위해 그 자리에 참석한 임시정부의 주석 백범 김구는 이렇게 말문을 열었다.

"오늘 4월 29일은 내가 13년 전에 윤봉길 군을 죽을 곳으로 보내던 날입니다. 또 지금이 바로 그 시간입니다."

순간 환송식장 안은 쥐죽은 듯 조용해졌다. 윤봉길은 자신의 목숨을 던져서 오늘의 임시정부와 광복군, 그리고 오늘의 독립운동을 있게 한 인물이었다. 그날 부대원들을 출정시키는 광복군도 윤봉길의 거사가 아니었다면 만들어질 수 없었을 것이며, 그 자리에 선 19명의 용사들 대부분도 윤봉길이 아니었다면 독립운동에 투신하기는 어려웠을 이들이었다. 특히 지금 연단에 선 김구 주석이 윤봉길에 대해 품고 있을 고마움과 미안함에 대해서는, 그 자리에 참석한 이들 가운데 모르는 이가 아무도 없었다.

"여러분도 다 알 것입니다. 상하이 홍커우 공원에서 폭탄을 던져 시라카와 대장 등을 죽이려던 그날의 의사 봉길 군이 나와 시계를 바꿔 차고 떠나던 날 말입니다. 내가 가지고 있던 허름한 시계를 대신 차고, 내게는 이 회중시계를 주고 떠나가던 윤군의 모습을 생각하면…… 바로 같은 날인 오늘, 앞으로 윤 의사와 꼭 같은 임무를 담당할 여러분을 또 떠나보내는 내 마음속이 괴롭기 한이 없습니다. '선생님 제 시계와 바꿔 찹시다. 제가 가진 것은 선생님 것보다 나을 것입니다. 어차피 저는 시계가 필요 없게 되겠지만, 제 일이 성공하기 위해서는 시계가 아주 없어서는 안 되겠지요……' 하던 윤 의사의 눈망울이 이제 여러분의 눈동자로 빛나고 있기 때문입니다."

그날 환송식을 마친 뒤 중국 내륙 깊숙한 곳에 마련된 미군의 비밀 훈련장으로 떠나면, 광복군의 특수부대원들은 3개월 동안 미군과 합동훈련을 하도록 되어 있었다. 그리고 훈련을 마친 다음 곧바로 국내로 잠입해 여러 가지 첩보 활동과 특수 공작을 벌이면서 미군과 광복군의 전면적인 한반도 진입 작전을 준비하게 되어 있었다. 물론 13년 전 윤봉길이 맡았던 임무와 그 내용은 다르지만, 그것 역시 목숨을 바칠 각오를 하고 벌여야만 하는 위험천만한 작전이었고 임무였다. 하필 그날이 14년 전과 똑같은 4월 29일이었기에, 김구의 마음은 더욱 괴롭고 착잡하지 않을 수 없었다. 잠시 눈물을 닦으며 말을 잇지 못하던 김구가 다시 마음을 다잡고 말을 이어갔다.

"그러나 그때보다 나는 더욱 마음 든든합니다. 한 사람이 아니라 19명의 윤 의사와 같은 동지를 떠나보내니 조국 광복을 위하여 더 큰 일을 성취할 것으로 믿기 때문입니다."

　그들 19명 용사들의 출정은 결국 결실을 맺지는 못했다. 그들이 모든 훈련과 준비를 마친 뒤 막 국내로 진입하려던 순간, 때마침 일본의 히로시마와 나가사키에 미군의 원자폭탄이 떨어졌고 더 이상은 버틸 수 없게 되어 버린 일본이 한 발 앞서 무조건 항복을 선언해 버리면서 전쟁이 생각보다 빨리 끝나 버렸기 때문이다. 그래서 나라 안에서는 많은 사람들이 거리로 나와 독립을 기뻐하며 환호성을 울렸던 1945년 8월 15일, 충칭의 임시정부와 광복군 군영 안에서는 분함과 아쉬움을 이기지 못해 눈물을 흘리는 이들이 적지 않았다. 우리 힘으로 직접 일본군을 몰아내고 해방을 얻어낼 기회를 간발의 차이로 놓쳤기 때문이었다.

　하지만 그렇게 일본이 물러가는 마지막 순간까지도 목숨을 던져 싸울 준비를 하고 있던 청년들이 줄을 서고 있었다. 그리고 그들이 한결같이 의지하고 바라보는 마음속의 별빛은 살아 있는 지도자 김구보다도 이미 '의로운 선비들의 숲'

으로 접어든 윤봉길, 그리고 강우규 같은 선배 의사들이었다.

해방된 뒤 서울로 돌아온 김구는 제일 먼저 일본 천황에게 폭탄을 던진 이봉창, 상하이의 일본 공사를 처단하려다가 체포되어 사형당한 백정기, 그리고 일본군 대륙 침략의 선봉장을 처단한 윤봉길 세 사람의 유해를 모셔와 효창원에 안장했다. 그리고 그 앞에 무릎 꿇고 눈물을 흘리며 미안함과 고마움의 마음을 바쳤다.

다시 한 해 뒤인 1946년 4월 26일. 김구는 윤봉길의 고향 덕산 마을로 찾아갔다. 그리고 그의 가족들을 만나 다시 한 번 눈물을 흘렸다.

윤봉길이 동생의 신랑감을 만나고 오겠다는 말만 남겨놓고 훌쩍 떠난 뒤 16년이 흐르도록 온갖 박해와 설움을 묵묵히 감내하면서 속으로만 눈물을 삼키던 가족들이었다. 동네 사람들은 임시정부를 이끌어 온 분이 작은 시골 마을까지 직접 찾아오자 마치 임금의 행차라도 맞이하듯 떠받들며 환영했다. 하지만 가족들은 차마 그럴 수가 없었다. 그들에게 있어 김구는 민족의 지도자이기 이전에 아들이자 남편인 봉길을 죽음으로 내몬 사람이었기 때문이다. 김구가 내려온다는 소식을 처음 들었을 때는 뺨이라도 때리고 욕이라도 퍼부어 주고 싶었던 것이 솔직한 가족들의 마음이었다. 하지만 무릎을 꿇고 눈물을 흘리는 김구 앞에서 가족들이 할 수 있는 일은 오직 한 가지, 두 손을 맞잡으며 서로 부둥켜안고 통곡하는 것뿐이었다. 어쨌거나 김구는 봉길이 목숨을 던지면서까지 이루고 싶었던 뜻을 마지막까지 함께했던 동지였기 때문이다.

김구는 윤봉길의 생가, 봉길이 나고 자란 방에서 뜬눈으로 하룻밤을 보냈다. 그러고는 다음 날 그 집 마당으로 모여든 사람들 앞에서 이렇게 말문을 열었다.

"윤봉길 동지는…… 조국 해방의 초석을 마련한……."

하지만 김구는 더 이상 말을 잇지 못하고 다시 그 자리에 주저앉아 버렸다. 그리고 엎드려 통곡을 하며 이렇게 울부짖었다.

"내가 죄인입니다. 내가 윤봉길 동지를 죽였습니다. 내가 이 젊은이를 죽음의 자리로 보냈습니다……."

그런 김구를 바라보면서 사람들은 말없이 눈물을 흘렸다. 그때 마당 한쪽에서 갓을 쓰고 지팡이를 짚고 선 한 노인이 흘러내리는 눈물을 소매로 닦아내고 있었다. 오치서숙에서 윤봉길을 가르쳤던 스승 성주록 선생이었다.

　　"우의야…… 우의야……."

　　5년이 채 되지 않는, 짧다면 짧은 세월을 함께했을 뿐이지만 성주록 선생에게도 봉길은 특별한 제자였다. 다른 학생들보다 서너 살은 어렸으나 배움도 빨랐고 무엇보다도 배운 것을 어떻게든 삶으로서 실천하려는 노력이 늘 기특해 보이던 아이였다. 그래서 다른 학생이라면 그저 흘려보냈을 법한 생각들을 부여잡고 이렇게 저렇게 곱씹으며 밤을 새워 고민하던 것이 봉길의 모습이었다. 봉길이 일본군에게 폭탄을 던지고 잡혀 처형당했다는 소식을 접했을 때, 성주록 선생은 어릴 적 그와 함께 나누었던 많은 이야기들을 떠올리며 홀로 눈물지었다. 군자는 백성의 고통을 외면해선 안 된다는 맹자의 말씀, 실천이 없는 지식은 의미가 없다는 공자의 말씀들이 모두 봉길에게는 목숨을 걸지 않을 수 없는 신넘이 되었던 것일까. 성주록 선생이 자신의 조상 성삼문의 호 '매죽헌'에서 따온 '매헌'이라는 호를 어린 봉길에게 주었던 것도 그런 특별한 느낌 때문이었다. 봉길의 가족에 대한 미안함과 부끄러운 마음은 성주록 선생 역시 김구와 다르지 않았다.

그곳에서 김구는, 윤봉길이 거사를 결행하기 전 고향으로 보낸 편지가 한 통 있다는 사실을 알게 되었다. 그런데 놀랍게도 편지는 이렇게 시작되고 있었다.

'강보에 싸인 두 병정에게'

강보란 갓난아기를 감싸는 보드랍고 작은 이불을 말한다. 즉, 그것은 고향의 부모나 아내가 아닌 자식들에게 쓴 편지였다. 그리고 그것은 고향을 떠나기 전 윤봉길에게 아직 어린 자식이 둘이나 있었다는 뜻이기도 했다.

'너희도 만일 피가 있고 뼈가 있다면 반드시 조선을 위해 용감한 투사가 되어라.

태극의 깃발을 높이 드날리고 나의 빈 무덤 앞에 찾아와
한 잔의 술을 부어 놓아라.

그리고 너희들은 아비 없음을 슬퍼하지 말아라.

사랑하는 어머니가 있으니 어머니의 교양으로 성공한 이
들을 동서양 역사에서 보면,

동양으로 문학가 맹가(孟軻 : 맹자)가 있고

서양으로 불란서 혁명가 나폴레옹이 있고

미국에 발명가 에디슨이 있다.

바라건대 너희 어머니는 그의 어머니가 되고

너희들은 그 사람이 되어라.'

편지가 공개되자 눈물을 흘리지 않는 이가 없었다. 그것
은 편지였지만, 동시에 두 아들에게 남기는 유언이었고 명
령이었으며, 동시에 마지막 가르침이었다. 그 편지를 보낸
곳은 칭다오였다. 그러니까 김구를 만나기 전이었고, 상하
이에 도착하기도 전이었다. 홍커우 공원에서의 거사 계획은
아직 상상도 할 수 없었던 때였다. 하지만 윤봉길은 그때 이
미 조국의 독립을 위해 목숨을 바칠 것을 결심하고 있었음
이 편지에는 생생하게 드러나 있었다.

사실 윤봉길은 열다섯이 되던 해에 한 살 위의 마을 처녀 배용순과 결혼한 몸이었다. 그 두 사람은 아들과 딸을 하나씩 낳고 남다를 것 없이 살아오고 있었다. 그런데 결혼한 지 8년이 되던 해의 어느 날, 봉길은 별다른 말도 없이 문득 가족들의 곁을 떠났다고 했다. 그때 이미 아내의 뱃속에 있던 셋째 아들도 거의 세상으로 나올 날을 기다리고 있었다. (첫딸인 안순은 봉길이 중국으로 떠나기 한 해 전인 1929년에 세상을 떠났다.) 배용순 여사는 그 기막힌 날을 이렇게 기억했다.

"한번은 누이의 남편감을 선보러 간다면서 아침을 먹고 옷까지 차려 입고 나가던 남편이 웬일인지 다시 돌아오더니 부엌 문 앞에 우뚝 섰다. 나는 설거지를 하고 있다가 깜짝 놀라서 남편을 쳐다보았다. 남편은 어물어물 하더니 찬물을 좀 달라고 했다. 나는 영문을 모르고 찬물 한 그릇을 떠서 상 위에다가 놓았다. 그때 부엌에는 시누이가 함께 설거지를 하고 있었기 때문에 물만 떠서 주고 얼른 돌아서서 하던 설거지를 계속했다. 그런데 나중에 시누이 이야기로는, 남편은 그 물을 먹지도 않고 그냥 우두커니 섰다가 나갔다고 했다. 남편이 시누이의 남편감을 선보러 간다고 나간 지 며칠이 지나서야 집에서는 그가 중국의 상하이로 떠난 줄 알게 되었다. 선보러 간다는 말은 핑계였던 것이다.

나는 그때 세 번째 아이를 배고 있었고 낳을 날이 멀지 않았다. 남편인들 만삭인 나를 두고 가기가 쉬웠을까만, 이미 자기의 뜻을 펼 수 있는 곳으로 가기 위해 마음을 다져 먹고 있었던 듯하다. 그는 한번 마음먹으면 언젠가는 떠나고야 말 사람이었다. 나는 남편의 떠남을 담담히 받아들였다. 그럴 수밖에 없었기 때문이었다. 남편이 자기가 떠난다는 사실을 찬물 한 그릇 달라는 식으로라도 내게 알려준 것이 고맙게 여겨졌다.

남편은 집을 떠나 중국 칭다오에 닿자 집으로 편지를 했다. 그는 새로 태어난 아기에게 담이란 이름을 지어 보냈다. 남편은 세 살 먹은 맏아들 모순이 앞으로 편지를 써서 보냈는데, 그 편지의 내용은 모두 내가 아이들에게 주어야 할 교훈으로 가득 차 있었다. 머나먼 남의 나라 땅에 가서도 내 앞으로 편지를 보내기가 쑥스러웠던 모양이다."

아직 어린 아들을 뒤로 하고, 그리고 뱃속에 또 한 명의 생명을 품은 아내와 아무것도 모르는 부모님을 두고 어떻게 그는 망명의 길을 떠났던 것일까? 어떻게 폭탄을 받아 들었으며, 또 어떻게 흔들림도 없이 목숨을 던질 수 있었던 것일까? 아니, 죽어서도 잊히지 않을 아기들의 얼굴과 아내에 대한 미안함과 인간적인 미련들 앞에서 그는 어떻게 마지막까지 의연함과 당당함을 잃지 않을 수 있었던 것일까?

홍커우 공원에서 폭탄이 터진 다음 날, 수십 명의 일본 경찰들이 칼을 빼든 채 덕산 윤봉길의 집으로 들이닥쳐 무언가를 찾겠다며 온갖 살림을 박살내 놓았다. 그리고 다시 그 뒤를 이어 수십 명의 기자들이 몰려들어 두려움에 질려 있던 가족들의 얼굴을 사진에 담아 갔고, 며칠 뒤 신문 지면에 아무렇게나 실어 올렸다. 그들은 그렇게 순식간에 흉악범 낙인을 받았고, 무례하기 짝이 없는 일본인 순사들이 아무렇게나 대해도 전혀 상관없는 화풀이 대상으로 전락했다.

동네 사람들에게도 윤씨 가족은 가까이하면 누구라도 위험해지는 끔찍한 오염 물질 취급을 받았고, 그 집은 아무도 드나들어서는 안 되는 금지 구역이 되었다. 그리고 그렇게 고립된 채 극심한 생활고 속에서 둘째 아들 담이는 열 살을 채 넘기지 못한 채 복막염으로 세상을 떠났다. 큰 아들 모순이는 학교에 가면 아침마다 일본인 선생에 의해 교단 앞으로 불려나가 '나는 반역자, 흉악범의 자식입니다.'라고 외쳐야만 했고, 심지어 얼굴에 검정을 칠한 채 전교를 돌며 놀림감이 되어야 하기도 했다. 침략군의 심장부에 폭탄을 던진 것은 윤봉길이었지만, 그에 따른 고통을 살아서 감수한 것은 그의 가족들이었다.

독립운동이란 그렇게 누군가의 아들이라면, 누군가의 남편이라면, 누군가의 아버지라면, 그리고 삶과 죽음 사이에서 희로애락을 느낄 수 있는 인간이라면 도저히 감당할 수 없는 두려움과 미안함과 괴로움을 품고서야 비로소 해 나갈 수 있는 일이었다. 윤봉길의 편지와 아내 배용순의 회고는 새삼 그런 사실을 일깨워 주었고, 그 역시 평생을 독립운동에 바치며 아내와 자식 넷을 먼저 떠나보내야 했던 늙은 독립운동가 김구의 가슴마저 무너뜨려 놓고 말았다.

대한민국이란 바로 그런 희생 위에 지어진 나라다. 총을 쏜 자와 폭탄을 던진 자, 그리고 그와 함께 짓밟히고 조롱당하고 협박당하는 굴욕을 묵묵히 견딘 아내와 아이와 부모들, 그리고 남몰래 따뜻하게 손 한 번 잡아 주며 함께 그 세월을 걸어 준 모든 이웃들, 때로는 빛나기도 하지만 더 많은

순간 빛도 없이 소리도 없이 그리고 기록되거나 기억되지도
못한 수많은 평범한 이들의 삶의 무게로써 말이다.

탑골 공원에서 광화문 광장까지

윤봉길은 과연 강우규에 대해 알고 있었을까요? 강우규라는 사람을 가슴에 품고, 그의 삶을 곱씹고, 끝내 그를 따라가기로 마음먹었을까요? 물론 그에 관해 남겨진 윤봉길의 일기나 편지, 혹은 달리 남겨 놓은 글은 없습니다. 그래서 정확히 알 수 없는 문제입니다.

하지만 열두 살에 마을에서의 만세 운동을 목격한 뒤 보통학교를 자퇴한 소년이 강우규에 관한 소식을 여러 번 다룬 〈개벽〉을 한 호, 한 글자도 빠짐없이 읽어내는 열독자가 되었던 것은 사실이고, 또한 농촌계몽운동과 의열투쟁이라는 삶의 경로마저 강우규의 그것을 따라갔던 것도 분명한 사실입니다. 따라서 그 과정에서 윤봉길이 강우규의 삶과 마주치지 않았으리라고 생각하는 것이 오히려 억지스럽습니다. 윤봉길의 삶은 강우규의 삶으로부터 연장된 것이고, 강우규의 삶은 3·1운동을 통해 방향 지어진 것이었음이 분명합니다. 그러므로 이 책에서 서술한 내용들은 어떤 면에서 '픽션'이지만, 큰 맥락과 정황과 의미의 차원에서 보면 정밀한 '진실'입니다.

3·1운동은 무엇보다도 독립운동이었지만, 동시에 시민혁명이었습니다. 1919년 3월 1일에 선언된 것은 '독립선언'이었습니다. 하지만 그로부터 시작된 전국적이고 전 민족적인 만세 운동을 통해 확정된 것은 '우리 모두가 주인이다'라는 선언이었으며, 그것을 통해 '민주공화제 국가 건설'이 요구되기에 이르렀습니다. 우리가 일본으로부터 독립하는 것과 동시에 일체의 신분적 차별에 근거한 일방적인 지배로부터 독립하는 것이 바로 그날 확정되었으며, 그 뒤로 다시는 되돌릴 수 없는 원칙으로 세워졌던 것입니다.

물론 3·1운동 이후에도 일본은 무려 26년 동안이나 우리 땅을 강제로 점거하고 우리 민족을 억눌렀습니다. 하지만 이미 우리의 의지가 선언되고 그것을 실현하기 위한 끊임없는 노력이 이어졌기에, 우리는 그 시기를 '강점기'라고 부르며 동시에 '독립운동기'로 기억할 수 있는 것입니다. 의지를 버리고 굴복한 채 순응하는 것은 부끄러운 일이지만, 폭력에 의해 몸이 묶이고도 저항의 의지를 꺾지 않는 것은 자랑스러운 역사입니다. 비록 약했으나 지지 않았고, 스스로 포기하지 않았기 때문입니다.

민족대표 33인이 작성한 독립선언을 낭독하며 수백만 군중이 만세 행진을 시작한 것은 종로 탑골 공원 앞이었고, 일본이 그들을 야만적인 폭력으로 짓밟았다는 소식을 접한 백발노인 강우규가 북간도로부터 달려와 총독을 향해 수류탄을 던진 곳은 서울역 광장이었습니다. 그리고 그 역사와 삶에 대해 읽고 들은 충청도 덕산 마을의 소년 윤봉길이 10년 세월을 벼려 침략군 사령관을 향해 물병 폭탄을 던진 곳은 상하이 홍커우 공원이었습니다. 물론 그 밖에도 총을 들고, 폭탄을 들고, 또는 은밀하게 쓰고 전하며 퍼뜨린 글이나 삯바느질과 지겟짐을 지며 모은 푼돈으로써 조국의 독립과 민주주의를 위해 온갖 고통을 감내한 이들의 현장은 우리 땅의 안과 밖 곳곳으로 촘촘하게 이어져 왔습니다.

그래서 1919년의 3월 1일은 아직도 끝나지 않았습니다. 독재자 이승만에 맞서 싸운 서울 경무대 앞과 박정희에 맞서 싸운 부산과 마산의 거리, 전두환에 맞서 싸운 광주 금남

로를 거쳐 촛불혁명의 성지 광화문 광장까지. 인간을 억압함으로써 짜낸 권력에 맞서 자유로운 인간의 존엄성을 되찾기 위한 모든 숭고한 싸움의 역사가 그로부터 이어지고 있기 때문입니다.

　강우규와 윤봉길은 분명 특별한 사람이었고, 누구도 쉽게 따라갈 수 없는 길을 간 이들이었습니다. 하지만 그들이 마주하고 분노한 모순이란 그 시대의 모든 이들이 함께 대면한 것이었고, 그들의 싸움 역시 그 시대 모든 의로운 이들이 함께한 것이었습니다. 그래서 그들의 삶은 그 시대의 단면이며, 또한 우리 시대가 바라보며 살아가야 할 이정표이기도 합니다.

　강우규와 윤봉길, 그의 가족들, 그리고 그들의 시대를 함께 살아온 모든 이들에게 다시 한 번 감사와 미안함의 마음을 올립니다.

ㄱ

강우규(1855~1920)

평안도 덕천 태생. 일제강점기 때 활동한 독립운동가. 3대 총독으로 부임하는 사이토 마코토의 마차에 폭탄을 던졌다. 핵심 인물들에게만 중경상을 입히고 총독 암살은 실패했지만 일본군과 경찰에 공포심과 암살에 대한 두려움을 심어 줬다. 폭탄 투척 후 피신하던 중 일본 경찰이던 김태석에게 체포되어 서대문 형무소에서 사형당했다.

고종(1852~1919)

조선의 제 26대 임금. 1863년부터 1907년까지 자본주의 열강이 침입하던 때에 임금을 지냈다. 1897년 국호를 대한제국으로 바꾸고 나서 자신을 황제라 칭했고, 독립을 지켜 나가기 위한 내정 개혁인 광무개혁을 실시했다. 1907년에는 헤이그 만국평화회의에 특사를 파견해 일본의 조선 침략이 부당함을 알리고자 했으나, 이 사건으로 폐위되었다. 1919년에 죽었으며 그의 독살설은 3·1운동의 한 계기가 되었다.

김경천(1888~1942)

1920년대 연해주의 빨치산 부대에서 활동한 독립운동가. 1911년 일본 육군사관학교를 졸업한 뒤 3·1운동이 일어나자 신흥무관학교 동창인 지청천 등과 함께 중국 만주로 망명하여 대한독립청년단에서 활동하였다.

김구(1876~1949)

정치가, 독립운동가. 3·1운동 후 상하이로 망명하여 대한민국 임시정부를 이끌었다. 결사단체인 '한인애국단'을 이끌며, 1932년 일본 왕 저격 사건, 윤봉길의 상하이 홍커우 공원 폭탄 투척 사건 등 여러 의거를 지휘했다. 광복 이후 귀국하여 신탁통치 반대 운동을 주도했다. 통일 정부 수립을 위한 남북협상을 계획했으나 실패하고 1949년 안두희에게 암살당했다.

김동인(1900~1951)

소설가, 친일반민족행위자. 1920~30년대 간결하고 현대적 문체로 문장 혁신에 공헌한 소설가로, 최초의 문학동인지 《창조》를 발간하였다. 사실주의적 수법을 사용하였고 예술지상주의를 표방하며 순수문학 운동을 벌였다. 주요 작품은 《배따라기》《감자》《발가락이 닮았다》 등이다. 그러나 일제강점기 당시 태평양전쟁 학병과 징병을 찬양하는 글을 기고했고 내선일체를 강조하였다. 2009년 7월 친일반민족행위 진상규명위원회에서는 그의 친일 활동을 반민족친일행위로 결정하였다.

김복한(1860~1924)

성주록의 스승이자 의병이었던 선비. 1895년 을미사변 후 벼슬을 버리고 낙향하였다가 단발령이 내려지자 의병을 일으킨 뒤 체포되어 옥고를 치렀다. 서대문형무소에서 복역 중에 병을 얻었으나 불편한 몸으로도 후학 양성에 힘쓰다 사망하였다.

김산(1905~1938)

본명 장지락. 1919년 3·1운동 후 독립운동을 하기 위해 일본, 만주, 상하이를 거쳐 1925년 광저우로 가서 중국공산당에 가입했다. 1926년 김원봉 등과 함께 파벌을 청산하고 통일된 운동을 하고자 '조선혁명청년연맹'의 결성을 주도했다. 민족주의자들과 결합하여 민족독립당을 조직하기도 했다. 1938년 일제의 첩자라는 모함을 받고 옌안에서 처형당했다.

김상옥(1890~1923)

독립운동가. 3·1운동 이후 혁신단을 조직하여 독립을 위해 힘썼다. 1920년 일제 요인 암살을 꾀하다가 발각되어 상하이로 망명한 뒤 의열단에 가입했고, 1921년 일시 귀국하여 군자금 모금과 정세 파악의 임무를 수행하였다. 1923년 1월 종로경찰서에 폭탄을 던져 많은 일본 경찰이 죽었고, 피신 중에 일본 경찰과 접전하다가 자결하였다.

김석진(1843~1910)

조선 후기의 문신. 철종 때 형조판서를 지냈다. 1905년 을사조약이 체결되자, 항의 상소를 하여 조약에 찬성 날인한 을사오적의 처형을 주장하였다. 1910년 국권이 피탈되자 음독 자결하였다.

김원봉(1898~1958)

3·1운동 이후 의열단의 단장이 되어 무정부주의 항일 무장투쟁을 전개했다. 1930년 후반 김원봉이 지도한 조선민족혁명당은 우리나라 민족주의 운동의 한 축을 이루면서 김구의 '한국국민당'과 서로 대립했다. 또한 강력한 군사 조직인 조선의용대를 편성하고 활동하기도 했고 1944년에는 임시정부 군무부장에 취임했다. 광복 후 귀국했다가 남한 단독 정부 수립에 반대하여 월북했다.

김익상(1895~1925)

독립운동가. 중국으로 건너가 의열단에 가담했다. 의열단 단장 김원봉에게서 조선 총독 암살을 명령받고 1921년 서울에 들어와 건물 수리공으로 가장하고 총독부 청사에 들어가 폭탄을 던졌다. 총독 암살에 실패했으나 일본 경찰에 잡히지 않고 중국으로 탈출하였다. 이듬해에 일본 육군 대장을 죽이려다가 실패하고 체포되어 옥살이를 하였다.

김좌진(1889~1930)

1919년 3·1운동 이후 중국 만주에 조직된 무장 독립군 부대, 북로군정서의 총사령관. 1920년 일본군과 싸워 크게 승리한 청산리 전투를 지휘하였고, 이 전투는 한국 무장 독립운동 사상 가장 빛나는 전투로 평가받는다.

김준엽(1920~2011)

독립운동가이자 교육자. 일제강점기 때 학도병에 징집되었다가 탈출하여 광복군으로 활동하였다. 광복군의 일원으로 미국의 OSS 훈련을 받은 결사대에 합류하였다. 혹독한 훈련을 마치고 출동 명령만 기다리던 때 원자 폭격을 당한 일본이 항복하면서 OSS 합동 작전은 실행에 옮기지 못했다. 해방 이후에는 중국에 남아 학업을 다하고 학자의 길을 걸었다. 이승만의 폭정을 비판하고 청년들에게 민주주의 교육을 지키자는 뜻에서 중국 망명 동지였던 장준하와 함께 〈사상계〉를 창간했다.

김태석(1883~?)

반민족행위자. 친일경찰로 '고문왕'이라는 별명을 들었다. 1918년 경무총감부 고등경찰과에 근무하면서 1919년 9월 2일 서울역에서 사이토 총독에게 폭탄을 던진 강우규를 비롯한 수많은 독립투사들을 고문하였다. 1949년 체포되어 무기징역과 50만 원의 재산 몰수 처분을 받고 복역하다 1950년에 석방되었다.

김해산(1888~1944)

일제강점기 중국에서 활동한 독립운동가. 본명은 김정묵이다. 1910년 국권 피탈 후 국내에서의 독립운동의 한계를 느끼고 1918년 중국 만주로 가서 상하이와 베이징을 오가며 계속 독립운동을 전개하였다. 1919년에 대한민국 임시정부에 들어가 독립운동을 전개하던 중 일본 경찰에 체포되었다.

김홍일(1898~1980)

독립운동가이자 군인, 정치가. 독립군을 이끌고 만주와 소련을 드나들며 일본군에 막대한 피해를 입혔고 중국과 긴밀히 연락하며 독립투쟁을 전개했다. 1932년 이봉창의 일왕 저격과 윤봉길의 상하이 의거용 폭탄을 제작하여 거사를 지원하였다.

ㄴ~ㅅ

나도향(1902~1926)

한국의 소설가. 초기에는 《젊은이의 시절》 《환희》 등의 애상적인 작품들을 발표하였고 이후 《물레방아》 《뽕》 《벙어리 삼룡이》를 발표하면서 사실주의적인 경향을 보여 주었다. 작가로서 완숙의 경지에 접어들려 할 때 요절하였다.

나석주(1892~1926)

신흥무관학교 출신으로 항일 공작원으로 일하며 3·1운동 후 군사자금을 모금하여 대한민국 임시정부에 보내는 등 크게 활약하였다. 1926년 의열단에 입단하여 식산은행과 동양척식주식회사 폭파 계획을 세웠으나 폭탄이 불발하여 성과를 거두지는 못했다. 이후 일본 경찰과 접전하다 자결하였다.

네루(판디트 자와할랄 네루, 1889~1964)

인도의 정치가이자 인도 민족 운동 지도자. 간디의 영향을 받아 국민회의의 의원이 되었다. 1945년까지 인도 독립을 위해 활약하다가 아홉 번이나 투옥되었으며 1947년 인도 독립과 함께 수상이 되었다. 이때 제국주의와 식민지제도에 대한 항전을 선언, 주목을 끌었으며 이후 국제 정치가로서 이름을 높였다.

데라우치 마사타케(1852~1919)
일본의 군인이자 정치가. 이완용 친일 내각으로부터 경찰권을 이양받아 헌병 경찰을 동원한 삼엄한 공포 분위기 속에서 한국의 국권을 탈취했고, 이후 초대 조선총독이 되었다. 언론을 탄압하며 헌병을 앞세운 강력한 무단 식민 정책으로 한국인을 폭압적으로 지배했다. 특히 한국과 중국에서 일본의 제국주의 정책을 수행했다.

미즈노 렌타로(1868~1949)
일본의 내무관료, 조선총독부 정무총감. 1895년 명성황후 시해 사건에 가담하였고 1919년 신임 정무총감으로 사이토 마코토 총독과 함께 조선에 들어왔을 때, 남대문역(지금의 서울역)에서 한국의 독립운동가 강우규가 폭탄을 던졌으나 다치는 데에 그쳤다. 간토 대지진 당시 내무대신으로 조선인들에 대한 일본 국민들의 악감정을 조장해 학살 사건을 일으킨 장본인이다.

민비(명성황후, 1851~1895)
조선 제 26대 임금인 고종의 비. 흥선대원군을 물러나게 하고 고종이 직접 나라의 정사를 돌보게 했다. 민씨 가족을 중요한 관리로 임명하여 정치를 장악했으며 청나라와 러시아의 도움을 받아 일본을 견제

하려 했다. 1895년 10월 8일 일본의 미우라 고로 공사가 자객을 궁중에 침투시켜 민비를 살해하고 시신을 궁궐 밖으로 가져가 불태웠는데, 이를 을미사변이라 한다.

민영달(1859~?)
대한제국의 문신. 명성황후의 조카였지만 일본에 호감을 가졌다. 1894년 호조판서, 갑오개혁 후 김홍집 내각의 내부대신이 되었고 을미사변 후 사직했다. 일본 정부가 남작 작위를 수여했으나 거절했다. 민족지《동아일보》창간을 위해 자금을 보탰다.

민영순(?~1929)
독립운동가로 일제 강점기에 천도교에 입교하였고 3·1운동 때는 천도교 측 간사로 독립선언서 제작과 배포에 힘썼다. 그 뒤에는 천도교에서 발간한 〈개벽〉의 인쇄인으로 활동하였다. 1926년 〈개벽〉이 일제에 의해 강제 폐간되면서 요시찰 인물이 되었고, 일제의 고문으로 사망하였다.

박건웅(1906~?)
중국에서 활동한 독립운동가. 상하이 한인청년동맹을 결성하였으며 이후 의열단에서 활동하였다. 조선혁명군에서 사관생도 양성에 힘쓰기도 했다. 임시정부 선전위원, 의정원의원, 선전부 부주임 등을 지냈다. 1950년 6·25 전쟁 때 납북되었다.

박영효(1861~1939)

조선 후기 개화파 정치가로 갑신정변과 갑오개혁을 주도했다. 1882
년에 수신사로 일본에 가는 동안 배 위에서 태극 무늬와 사괘를 그린
태극기를 만들었다. 박영효는 젊은 시절에는 나라의 미래를 걱정하
는 개화파 정치인이었지만 나중에는 친일파로 변절했다. 일본 정부
로부터 후작을 수여받았고, 조선총독부의 여러 관직을 거치며 일본
에 협조했다. 친일파 귀족의 우두머리였으며, 〈동아일보〉의 초대 사
장을 지내기도 했다.

박진(1905~1974)

한국의 연극인. 순수연극보다 대중연극의 발달에 기여했다. 극단 산
유화회를 조직하였고 동양극장 문예부 연출 담당을 맡았다. 광복 후
문교부 예술위원, 국립극단장, 예총 부회장 등을 지냈다.

박효삼(1903~ ?)

사회주의 운동가로 중국에서 조선민족혁명당에 가담하여 활동했다.
조선의용군 화북지대장으로서 독립운동을 이끌기도 했다. 광복 후에
는 귀국을 시도하다가 신의주에서 소련군에 의해 무장해제 당하여
입국하지 못한 채 평양으로 귀환하였고 1957년 김일성에 반대하다
당에서 제명되었다.

백정기(1896~1934)

독립운동가. 3·1운동 때 고향에 내려가 항일운동을 이끌었고 동지
들과 일본 군사시설을 파괴하는 등의 무장 항일운동을 전개하였다.

1924년 일본 천황 암살 계획을 세웠으나 실패하고, 1925년 상하이로 가서 무정부주의자연맹에 가입, 농민운동에 투신하였다. 1933년 상하이 홍커우 공원에서 중국 주재 일본 대사 아리요시 암살을 모의하다 체포되어 복역 중 옥사하였다.

사이토 마코토(1858~1936)
일본의 군인. 일본 해군대장 출신이며 3대 조선총독으로 임명되었다. 3·1운동 후 독립운동이 활발해지자 한반도 통치 방법을 무단정치에서 문화정치로 전환하고자 했다. 실제로는 헌병을 경찰이라는 이름으로 바꾸었을 뿐 군 병력을 증가하였으며 이 기간 동안 많은 지식인을 변절하게 했다. 1919년 조선 총독으로 취임하여 남대문역(지금의 서울역)에 도착했을 때 강우규의 폭탄 공격을 받았지만 목숨을 건졌다.

손병희(1861~1922)
천도교의 지도자이자 독립운동가. 천도교 3대 교주를 지냈다. 1882년 동학에 입교, 교주 최시형의 수제자로서 수도하였다. 1897년 최시형의 뒤를 이었고, 1906년 동학을 천도교로 개칭하여 교세 확장 운동을 벌이는 한편, 출판사를 세우고 학교를 인수하여 교육 문화 사업에 힘썼다. 1908년 교주 인계 후 수도에만 힘쓰다가 민족 대표 33인 중 한 사람으로 3·1운동을 주도하다 체포되었다. 서대문 형무소에서 나온 뒤 병을 치료하다 끝내 사망하였다.

송병준(1858~1925)

대표적인 친일 정치가. 1904년 러일전쟁이 일어나자 일본군 통역을 했고, 이때부터 본격적으로 친일파로 활동했다. 이용구와 함께 일진회를 만들고 일본의 앞잡이 노릇을 하여 민중들의 비난을 받았다. 1910년 국권 피탈 후 일본 정부로부터 자작을 수여받았고 조선총독부 중추원 고문이 되었다.

ㅇ

윤봉길(1908~1932)

1932년 일본군 지도자들을 암살해 사형당한 독립운동가. 농촌의 부흥과 농민계몽을 위하여 독서회 운동을 시작하고 야학당을 설치하는 등 주로 계몽운동을 펼쳤다. 그러다 1930년 중국 상하이로 망명하여 '한인애국단'에 가입했다. 1932년 4월 29일에 상하이 홍커우 공원에서 열린 일본 왕의 생일 경축식장에 폭탄을 던져 일본군 최고 사령관 시라카와 요시노리 대장 등을 죽게 하고 수많은 일본군 병사에게 부상을 입혔다. 곧바로 체포되었고 사형 선고를 받아 순국했다. 윤봉길 의사의 홍커우 공원 거사는 침체에 빠져 있던 항일 독립운동에 새로운 희망을 보여 주었다. 본명은 우의, 호는 매헌이며, 중국 망명길을 떠난 후 '봉길'이라는 이름을 스스로 붙였다.

안공근(1889~1940)

안중근 의사의 동생이며 독립운동가. 안중근 의거 이후 임시정부에 참여했다. 상해한인교민단 단장을 지냈고 한국국민당을 조직해 독립군 양성에 힘썼다. 우익과 좌익계열의 독립운동단체 통합에 노력하였다.

안중근(1879~1910)

1907년 연해주로 망명하여 의병 운동에 참여했다. 1909년 동지 11명과 함께 투쟁할 것을 손가락을 끊어 맹세하고, 단지회라는 이름의 비밀 조직을 만들었다. 그해 이토 히로부미가 하얼빈에 온다는 소식을 듣고 사살 계획을 세웠다. 일본인으로 변장하고 하얼빈 역으로 들어가, 기차에서 내린 이토 히로부미를 권총으로 쏘아 죽이고 현장에서 러시아 경찰에 체포되었다. 그 뒤 6회에 걸친 재판을 받았으나, 의연한 자세로 일본의 침략 행위를 따지며 일본에 굴복하지 않았다. 1910년 뤼순 감옥에서 사형당했다.

안창호(1878~1938)

일제강점기 민족 계몽을 위해 활동한 교육자이자 독립운동가. 1897년 독립협회에 가입하면서 본격적으로 독립운동에 뛰어들었다. 이후 신민회에서 활동하고 미국에서 흥사단을 조직했으며, 3·1운동 때는 상하이로 건너가 대한민국 임시정부에서 일하는 등 일생을 독립운동에 바쳤다. 계몽운동을 중요시하며, 부정부패와 이기주의 때문에 국권을 잃었다고 보고 민족의 근본 의식부터 바꿔야 한다고 주장했는데 이를 '민족개조론'이라 한다.

염상섭(1897~1963)

자연주의 및 사실주의 문학을 작품에 보여 준 최초의 소설가. 3·1운동 가담 혐의로 투옥되었다가 이후 동아일보 기자가 되었다. 1921년 〈개벽〉지에 《표본실의 청개구리》를 발표하여 문단의 위치를 굳히고 1922년에는 최남선이 주재하던 주간지 〈동명〉에서 기자로 활동했다. 소설가 현진건과 함께 매일신보, 시대일보 등에서 일하기도 했다.

오광선(1896~1967)

일제강점기에 서로군정서, 광복군 등에서 활동한 독립운동가. 항일 투쟁 중 일본 경찰에 체포되어 옥고를 치렀다.

유길준(1856~1914)

대한제국 시기의 개화 운동가이며 최초의 국비유학생으로 미국에서 공부하였다. 귀국 후 7년간 감금되어 《서유견문》을 집필하였다. 아관파천으로 친일정권이 붕괴되자 일본으로 12년 간 망명하였다. 일본 정부에서 남작의 작위를 수여하려고 했으나 거절했으며 국민교육과 계몽사업에 헌신하였다.

윤용구(1853~1939)

조선 후기의 문신이자 서화가. 글씨와 그림에 뛰어나 해서·행서·금석문을 많이 썼으며, 죽란도 잘 그렸다. 국권 피탈 후 일본 정부가 남작을 수여하려고 했으나 거절했다.

이광수(1892~1950)

한국 최초의 근대 장편소설《무정》을 쓴 소설가. 상하이에서 임시정
부의 일원으로 활동하며 독립의 정당성과 의지를 세계에 알리는 데
노력하였다. 그러나 귀국 후 친일에 앞장서 조선문인협회 의장을 지
냈고 '가야마 미쓰로'라는 일본 이름으로 창씨개명했다. 광복 후 반민
법으로 구속되었다가 병보석으로 출감했으나 6·25전쟁 때 납북되었
다.

이규학(1914~1964)

독립운동가. 난징으로 건너가 한인애국단에서 활동하였다. 임시정부
군무부군사과장, 광복군 사령부 경위대 부령대장 등을 지냈다. 미국
의 OSS 특별훈련을 받았다.

이돈화(1884~?)

천도교인. 1902년 동학에 들어가 천도교 회지인 '천도교월보사' 사원
이 되고, 천도교 청년회를 운영했다. 잡지 〈개벽〉을 창간하여 편집을
맡아 보면서 폐간될 때까지 천도교 교리의 근대적 전개와 민족자주
사상을 설파했다.

이동녕(1869~1940)

독립운동가. 1896년 독립협회에 가담해 독립운동을 본격적으로 시작
했다. 1904년 1차 한일협약 체결로 국권이 위축되자 전덕기 등과 상
동청년회를 조직하여 계몽운동을 벌었다. 이때 김구와 이회영을 알
게 되었다. 이후 신민회를 조직하는 데 참여했고, 신흥무관학교 소장

을 맡으며 독립군 양성에 주력했다. 대한민국 임시정부에서 주요 직책을 두루 맡으며 지도자 역할을 했고, 반평생을 국외에서 광복을 위해 투쟁했다.

이동휘(1873~1935)
강우규에게 영감을 준 독립운동가. 1907년 의병을 일으키려다 실패하고 신민회에 참여하여 항일운동을 했다. 가족과 함께 중국 북간도로 망명한 뒤 1919년 대한민국 임시정부에 참여하여 군무총장, 국무총리를 지냈다. 이 시기 공산당으로 전향하여 우익인 이승만, 안창호 등과 대립했다. 애국 계몽운동에 힘썼으며, 고려공산당을 주도했다.

이범석(1900~1972)
독립운동가이자 정치가. 청산리 전투를 승리로 이끄는 데 큰 공을 세웠다. 조선민족청년단을 창설하는 등 활발한 활동을 하였다.

이봉창(1900~1932)
1932년 일본 왕을 암살하려다 실패하고 순국한 독립운동가. 1925년 일본으로 건너가 철공소에서 일하다가 일본인의 양자가 되어 기노시타 쇼조라는 이름을 얻었다. 1931년에 중국 상하이로 가서 한인애국단에 가입했고, 김구에게 일본 왕을 암살하라는 지령을 받아 일본으로 건너갔다. 1932년 일본 왕의 자동차에 폭탄을 던졌으나 실패로 끝났고, 이 사건은 '도쿄 폭탄 사건'이라 불리며 세계 사람들을 놀라게 했다. 이봉창은 사형을 선고받고 순국했다.

이승교(1852~1928)

독립운동가 이동휘의 아버지로 일제강점기에 러시아 블라디보스토크 신한촌에서 조직된 노인단에서 활동한 독립운동가. 신한촌에서 3·1독립선언기념식을 준비하는 등 시베리아 한인들의 민족의식 고취에 기여하였다.

이완용(1858~1926)

을사오적의 한 사람으로 최악의 매국노라고 불린다. 을사조약 체결을 지지하고 서명을 주도했다. 1907년 헤이그 특사 사건이 일어나자 일본의 지시대로 고종에게 책임을 추궁하여 임금에서 물러날 것을 강요했고, 순종을 즉위시켰다. 당시 화가 난 민중들이 덕수궁으로 몰려가 이완용의 매국 행위를 규탄했고 그의 집을 불살랐다. 이완용은 1910년 일본과 한일합병조약을 체결했으며, 3·1운동을 비판하는 등 친일 행위를 계속했다.

이용태(1854~1922)

대한제국 시기의 정치가. 고부민란 때 안핵사로 임명되어 농민들을 약탈하고 가족을 살해하는 등 만행을 저질러 동학교도들을 다시 일어서게 했다. 을사조약에 반대하여 유배 생활을 했으나 한일병합 후 일본 정부의 자작의 작위와 은사금을 받았다.

이유필(1885~1945)

독립운동가. 미국의원단 방한 때 독립운동 지원을 호소했다. 교민단 단장, 인성학교 교장으로 독립운동가 자녀 교육과 인권 옹호에 힘썼다. 상하이 국민의회와 임시정부의 통합을 위해 노력했다. 임시정부 국무원 겸 재무장 등을 지내고, 윤봉길 의거의 주모자로 체포되었다.

이토 히로부미(1841~1909)

본명은 하야시 도시스케. 일본에서는 현대 일본의 기초를 쌓은 인물로 평가된다. 1905년 강압적으로 을사조약을 맺은 뒤 조선 통감부의 초대 통감이 되어 조선을 식민지로 만들기 위한 기초 작업을 했다. 러시아 재무대신과의 회담을 위해 중국 하얼빈에 도착했을 때 안중근 의사가 쏜 총에 맞아 죽었다.

이회영(1867~1932)

독립운동가. 여섯 형제와 일가족 전체가 전 재산을 팔아 만주로 망명하여 항일 독립운동을 펼쳤으며 서전서숙, 헤이그 특사, 신흥무관학교, 고종의 국외망명, 의열단 등 국외 항일운동의 전반에 관여하였다. 임시정부 수립을 반대하였으며 신채호, 이을규 등과 무정부주의(아나키스트)운동을 전개하였다. 1932년 지하 공작망을 조직할 목적으로 상하이에서 다롄으로 이동 중 상하이 밀정의 밀고로 일본 경찰에 붙잡혀 심한 고문 끝에 옥사하였다.

장제스(1887~1975)

중국 정치가. 만주사변 후 일본의 침공에 대해서는 우선 내정을 안정시키고 후에 외적을 물리친다는 방침을 세우고 국내 통일을 추진하였다. 자유중국, 대륙반공을 제창하며 중화민국 총통과 국민당 총재로서 타이완을 지배하였다.

장준하(1918~1975)

한국 언론인 겸 정치가. 1944년 학도병으로 징집되었다가 탈출하여 중국군을 거쳐 광복군에 합류하였다. 1945년 한국 잠입을 위한 미국 OSS대원으로 훈련받고 광복군 육군 대위가 되었다. 그러나 이 작전은 잠입 직전 취소되고 중국으로 돌아갔다. 이후 김구 주석의 수행 비서로 활동하였다. 1948년 출판사 설립 후 문화 사업을 전개하였고 〈사상계〉를 창간하였다. 이승만의 독재정치를 비판하는 데 앞장섰으며 국내 지식인의 이목이 집중되는 영향력 있는 잡지로 성장시켰다. 1967년 7대 신민당 소속 국회의원에 당선되었다. '박정희 대통령에게 보내는 공개서한' 등을 통하여 박정희 정권에 맞섰고, 범민주세력의 통합에 힘썼다.

전봉준(1855~1895)

조선 후기에 일어난 동학농민운동의 지도자로서 부패한 관리를 처단하고 시정 개혁을 도모하였다. 전라도 지방에 집강소를 설치하여 동학의 조직 강화에 힘썼으며 일본의 침략에 맞서 싸우다가 체포되어 교수형을 당했다.

조경호(1839~?)

조선 후기의 문신. 우참찬을 거쳐 한성부판윤, 예조판서, 내의원제조, 광주부유수를 지냈다. 국권 피탈 때 일본 정부가 남작 지위를 주었으나 거절했다.

조정구(1862~1926)

조선 후기의 문신. 주로 궁내부의 요직을 지내며 왕실의 의례를 담당하였다. 국권 피탈 때 일제가 주는 은사금 및 남작의 칭호를 모두 거절했다. 합방조서와 고유문을 찢고 두 차례나 자결을 기도하였으나 실패하였다. 조남익이라는 이름을 쓰기도 했다.

지청천(1888~1957)

독립운동가이자 정치가. 1919년 만주로 망명 후 신흥무관학교 대장으로 독립군 간부 양성에 힘썼으며 1920년 서로군정서의 간부를 맡아 청산리 전투에 참여했다. 한국독립당 창당에 참여하였고 한국독립군 총사령관을 지냈으며, 임시정부의 광복군 총사령관에 임명되어 항일전을 수행하다가 광복 후 귀국, 대동청년단을 창설했다.

채원개(1895~1974)

독립운동가. 대한독립단, 참의부 군무위원으로 활동했고 한국광복군 총사령부 총무처장, 광복군 제1지대장을 지냈다.

최남선(1890~1957)

한국의 사학자이자 문인. 잡지 〈소년〉을 창간하고, 한국 최초의 근대시 〈해에게서 소년에게〉를 발표했다. 또한 단군 조선을 비롯하여 민족 역사 연구에 심혈을 기울였고, 진흥왕순수비를 발견했다. 독립선언문을 발표한 민족 대표 33인 중 한 사람이었지만, 일제강점기 말기에는 친일 행위를 했다.

하세가와 요시미치(1850~1924)

일본의 군인. 청일전쟁, 러일전쟁 때 공을 세우고 을사조약을 체결 뒤 통감부가 설치되자 조선주차군사령관으로 잠시 통감대리를 겸했다. 2대 조선총독 재임 시 철저한 무단통치를 했으며 3·1운동이 일어나자 사임했다.

한규설(1848~1930)

조선 후기의 무신. 무과에 급제한 뒤 여러 벼슬을 거쳐 포도대장 등을 지냈다. 1905년 일본의 이토 히로부미가 을사조약 체결의 찬반 여부를 여러 대신에게 개별적으로 물었을 때 끝까지 반대하여 파면을 당했다. 국권 피탈 때 일본 정부에서 남작 작위를 내렸으나 거절했다.

현진건(1900~1943)

사실주의를 개척하고 근대 단편소설의 선구자인 소설가.《빈처》로 인정을 받기 시작했으며《백조》《타락자》《운수 좋은 날》《불》등을 발표하였다.

홍범도(1868~1943)

1919년 의병 출신 독립운동가들을 모아 항일 독립군 부대를 창설하였다. 1920년 중국 만주 지역에서 한국 독립군과 일본군 사이에 본격적으로 벌어진 최초의 대규모 전투, 봉오동 전투를 지휘하였다. 봉오동 전투의 승리로 독립군의 사기가 크게 높아졌으며, 이는 1920년 독립 운동이 더욱 활발히 전개되는 계기가 되었다.

홍순형(1857~?)

조선 후기의 문신. 갑신정변으로 개화당 정부가 수립되자 공조판서가 되었으며, 갑오개혁으로 관제 개혁이 실시되자 의정부찬정 등을 역임했다. 국권 피탈 때 일본 정부가 남작 작위를 수여했으나 거절했다.

히로히토(1901~1989)

일본의 제 124대 천황. 중일전쟁에 이어 제 2차 세계대전 등 일본의 팽창주의에 가담하였고, 일본국 헌법 제정과 함께 상징적인 국가 원수가 되었다.